Life
and
Adventures
of Jack Engle
我的生活 与 冒险

［美］沃尔特·惠特曼 / 著

王涛　管丽峥 / 译

民主与建设出版社

图书在版编目（CIP）数据

我的生活与冒险 / (美) 沃尔特·惠特曼著；王涛，管丽峥译. — 北京：民主与建设出版社，2017.11（2024.1重印）

ISBN 978-7-5139-1765-0

Ⅰ. ①我… Ⅱ. ①沃… ②王… ③管… Ⅲ. ①长篇小说 – 美国 – 近代 Ⅳ. ①I712.44

中国版本图书馆CIP数据核字(2017)第258398号

© 民主与建设出版社，2017

我的生活与冒险
WO DE SHENGHUO YU MAOXIAN

出 版 人	许久文
著　　者	(美) 沃尔特·惠特曼
译　　者	王涛　管丽峥
责任编辑	韩增标
封面设计	思想工社
出版发行	民主与建设出版社有限责任公司
电　　话	（010）59417747　59419778
社　　址	北京市海淀区西三环中路10号望海楼E座7层
邮　　编	100142
印　　刷	北京亚通印刷有限责任公司
版　　次	2018年1月第1版　2024年1月第3次印刷
开　　本	880mm×1230mm　1/32
印　　张	7.75
字　　数	152 千字
书　　号	ISBN 978-7-5139-1765-0
定　　价	45.00元

注：如有印、装质量问题，请与出版社联系。

译者序

惠特曼竟然还写小说？这是很多人都会感到惊讶的问题。惠特曼被认为是美国的国宝级诗人，他的诗集《草叶集》被认为是世界上最伟大的诗集之一。然而，即使是许多外国文学爱好者都不清楚，惠特曼曾经也写过小说，并且还写过不止一部。而我们这里所翻译的《我的生活与冒险》正是这其中较为重要的一部。这部小说在历史中失踪多年，有幸的是，就在今年刚刚从沉寂已久的文献中被挖掘了出来。

惠特曼于1819年5月31日生于美国东海岸纽约州长岛一个名叫西山的村子里。他只受过6年的正规教育，11岁便被迫走入社会，开始在律师事务所跑腿，之后又去诊所当杂工，然后在一家周报印刷所做学徒，并借此便利，12岁就发表了他的第一篇文章。他16岁去纽约当排字员，后又在长岛各地做乡村教师，19岁独自创办了周报《长岛人》，从排字到印刷几乎所有工作全由自己完成。后来，他主要从事编辑工作，曾经去过多家报社；同时还热衷于政治，并且政治态度坚决，不止一次因与报社老板政治观念不和而辞职。美国内战期间，他主动在华盛顿医院当了两年护士，为伤员分发糖果和日用品，替他们写信及朗读文学作品，直接或间接护理过大约10万名伤病员。除此之外，他还在军需处、内政部、司法部等机构当过职员。

惠特曼因《草叶集》闻名于世，以至于人们想到惠特曼，往往只记得他的《草叶集》。其实，他早年做编辑期间，曾写过大量各种类型的文章和作品，包括各类评论、散文及中短篇小说。其中，仅在当《布鲁克林之鹰》编辑的两年里，他就写了425篇书评，涉及历史、传记、宗教、诗歌、小说等各个领域。惠特曼的部分散文与文论也已译介到中国，比如曾出版有《惠特曼散文选》（张禹九译，湖南人民出版社，1986年）、《惠特曼精选集》（山东文艺出版社，1997年，其中包括惠特曼的部分散文和文论）等。然而，惠特曼的小说却一直没有中文译本。

惠特曼早在22岁（1841年）时就发表了他的第一篇小说，刊载在《民主评论》上，这个刊物当时声望正隆，一些开始成名的优秀作家，如爱伦·坡、霍桑、梅尔维尔等都常在上面发表作品。仅在一年时间里，惠特曼就在《民主评论》上发表了8篇小说。之后他还写了一部六万字的中篇小说《富兰克林·伊凡斯》，1842年作为《新世界》的特辑出版，销售了2万册。小说写的是一个农村少年在大城市里走向堕落，最后却幡然悔悟的故事。这个时候的惠特曼更像是一位小说家，虽然他也在创作诗歌，但似乎在小说上用力更多。其原因在于，年轻的惠特曼还没有找到真正属于自己的写作风格，诗歌创作尚不成熟。按他自己的说法,写小说多是因生活所迫,在短时间里借着酒劲写出来的。所以这些小说往往有着当时流行的风格,比如其中的短篇《墓上鲜花》《爱哭的天使》等,多有模仿爱伦·坡、霍桑和英国作家司各特的痕迹,直到1844年在《民主党人》上连载的长篇故事《复仇与报偿》,还存在着模仿的痕迹。

我们这里带给大家的《我的生活与冒险》,是惠特曼的小说首次以中文译本的形式面世。并且,这部作品在全世界也是刚刚才重现于世。就在2017年的2月,美国媒体突然爆出新闻,惠特曼这部已经被遗忘了165年的作品终于重见天日。其手稿的发现者是美国休斯敦大学的博士扎卡瑞·特平(Zachary Turpin)。他是一位沉迷于惠特曼研究的青年学者,曾在2015年时就发现过一篇被遗失的惠特曼的新闻作品。这次的发现,更是震惊学界。

《我的生活与冒险》被认为是写于1842年至1855年之间,也就是从他发表第一部短篇小说之后,到首次出版《草叶集》之前这段时间。它最早现身于1852年3月13日,《纽约日报》第三页有一则广告,声称第二天会在另一家报纸上刊登故事连载,该故事内容丰富多彩,触及伦理法制、宗教历史、华尔街等。但故事没有刊载,就突然消失了。直到2017年,才被扎卡瑞·特平经过了千辛万苦,在美国国会图书馆中找到了这一作品的副本。

《我的生活与冒险》并不长,译成中文将近7万字,属于中篇篇幅,整部作品分22个章节。原作完整的标题是 *Life and Adventures of Jack Engle: An Auto-Biography (A Story of New York at the Present Time)*。

小说的主人公是一位名叫杰克·恩格尔的纽约青年人。故事主要以第一人称自述方式展开，先是从恩格尔20岁时刚刚开始进入法律事务所实习讲起，然后恩格尔追述了自己童年的成长经历。他曾经是一个流浪儿，10岁左右被好心的以法莲夫妇收养。这对夫妇经营一家杂货店，以诚信善良受到大家喜爱。恩格尔在事务所里通过自己观察，以及从老书记员威格斯沃思等人透露的一些信息中，了解到老板科弗特是一个靠各种诡计发家的法律骗子，并且逐渐发现了一个与自己身世有关的惊天大秘密。

这部小说在风格上属于当时流行的浪漫冒险小说，其艺术价值虽远不如之后出版的诗集《草叶集》，但因迎合了流行的故事类型，从而具有很强的可读性。其中，既有各种鲜活的人物，又呈现了大量的社会风俗，涉及当时的政治竞选、宗教氛围、道德观念、法律制度等各个方面，内容丰富而有趣。并且，惠特曼在叙事手法上还做了多样尝试。故事一开始采用了第三人称叙述形式，当"我"出现后，却自然地转为第一人称自述形式；叙述过程中，多次以"我"的回忆、他人的讲述、阅读手稿等不同形式进行插叙；并且在具有统一性的叙述语调中，因为不同章节的情节特征，又有着语调的微妙变化。其中最突出的就是第十九章，恩格尔去墓地与死去的老书记员告别，由此引发了整整一章对于死亡的沉思，思绪穿梭古今，跨越生死，语调深沉绵长，又富有广阔的包容性。正是在这一部分里，可以清晰地看到惠特曼对于死亡的深刻理解，与其之后在《草叶集》里有关死亡的感喟构成了珍贵的对话。另外，惠特曼的话语风格与语言节奏也巧妙多变,让故事读起来生动有趣,并且在某些奇特的节奏中,还可以感受到他内在的诗人秉性,显示出一种对语言既细腻敏感,同时又自由任性的个性。

在创作这部小说的同时,惠特曼也正在构思写作《草叶集》中最早的一批诗歌。只是《草叶集》以自费形式得以出版,这部小说却未能出版。可以认为,这个时候惠特曼正处于从小说写作向诗歌创作的过渡阶段,其表达风格也正从外向型迎合读者的模式向完全自我的具有独创个性的风格转型。正是如此,当惠特曼出版了《草叶集》之后,就真正进入到更为成熟的自我创作阶段,从而对这些早年的小说产生了许多不满。在他的创作生涯中,小说是属于他那不成熟的过去。也许正是如此,惠特曼之后放弃了这部小说的发表,甚至还有意将它埋藏在历史中,不愿让人们看到。

但是,即使这部小说并不成熟,它也是来自惠特曼之手,也是惠特曼整体创作生涯的一个组成部分,对于我们了解一个完整的惠特曼,也有着重要的意义。一方面,这部作品正处于惠特曼创作的转型期,从中可以窥见惠特曼在转型中所呈现出的各种表现要素。另一方面,它与《草叶集》之间也构成了一种对话,既是文体学意义上的对话,也是个体精神之不同发展阶段的对话,在这种对话中,可以更好地理解《草叶集》中精神主题的来源与表现特征。总之,这部小说是惠特曼写作生涯中不可或缺的一部分,也是我们理解惠特曼的整体思想而必然要去了解的一部分。

关于《我的生活与冒险》的翻译版本,我主要参考了《惠特曼评论季刊》(Walt Whitman Quarterly Review) 2017年第3期262-357页。该作品的原稿有一些打印错误，该版本的编辑在其错误之处做了［原文如此］的标注。我们在翻译的时候，按照应该所是的意思，直接做了修正。为了不影响原文的阅读，没有将其一一标出，只是对一些必须做出说明之处进行了说明，有需要的读者可以参考英文原文。

为了让广大读者更完整地认识惠特曼以及他的思想和精神主张，我们还选译了惠特曼不同时期的经典诗歌送给读者朋友们，作为对小说的一种补充，也作为文体风格与写作趣味之间的一种对话。所选译的惠特曼诗歌，其英文原文主要参考了由上海世界图书出版公司所出版的英文版《草叶集》（2014年版），在诗歌翻译的过程中，也有对楚图南、李野光、赵萝蕤、邹仲之等先生译作的学习与借鉴，在此表示感谢。但即使有这些前辈们的优秀译文作为参考，我的翻译也仍存在着一些理解和表达上的欠缺，望广大读者能够体谅，并给予批评指正。另，原诗中有部分单词使用了大写，我们的中文译本均用加粗的形式进行标记。

王涛
2017年5月

目 录

第一章 / 命运的交易　　003

第二章 / 转折点　　009

第三章 / 苏醒　　015

第四章 / 三人聚餐　　021

第五章 / 陷入窘境　　027

第六章 / 西班牙女郎　　033

第七章 / 败类的画像　　039

第八章 / 我嫉妒了　　045

第九章 / 熟悉的陌生人　　051

第十章 / 不可预知　　057

第十一章 / 我的名字　　065

第十二章 / 复活集会　　071

第十三章 / 拜访　　081

第十四章 / 一封书信　　091

第十五章 / 阴谋破败　　101

第十六章 / 游戏开始　　111

第十七章 / 夜行　　　　119

第十八章 / 困境终结　　127

第十九章 / 死亡沉思　　135

第二十章 / 亡父的手稿　147

第二十一章 / 选择离开　163

第二十二章 / 终点　　　171

附赠　惠特曼诗歌精选 20 首　　179

前 言

坦率的读者，我要给你们讲一个真实的故事。以第一人称视角来展开叙述，因为这原本是主人公为了供一位尊贵的朋友消遣，而匆忙记下的故事。不过相比那个记录，现在这个故事已经经过了调整，一些无关紧要的部分被重新安排在别的位置，以保证故事的讲述不会脱离主线。故事的主要事件就发生在这个美好的纽约市；一些数量很少但绝不卑微的读者，肯定很好奇这样一个有迹可循的故事（可能他们刚好也有所了解）是怎样被付诸笔端的。

在这个故事中，我将会为这出真实戏剧的表演者们冠以假名；并且为了一些善意的原因，我将赋予他们我们自己的穿着打扮，以防他们被陌生人识破。

还有一些在故事中出现的面孔，是通过前面没有提到的其他渠道了解到的。［原文如此］[1]这些人物，我将会根据细节的需要，来进行添加或者排除。

---

[1] 惠特曼的作品在发表时有一些排版错误，外文版编辑在进行修订时做了一些编辑标记，以中括号作为标记，注明"原文如此"。这样的修订标记在外文版中还有多处，在本书中为了读者阅读的流畅，下文中的标记不再逐一列出。（本书中的所有注释均为译者所注）

人物介绍

纳撒尼尔——科弗特所在律师事务所中打杂的男孩,昵称纳特。

科弗特——法律代理人,玛莎的监护人。

威格尔斯沃思——书记员,一个浑身烟草味的老人。

以法莲·福斯特——一个牛奶商,收养杰克的人。

薇奥莱特——以法莲·福斯特的妻子。

杰克·恩格尔——被以法莲·福斯特夫妇收养的流浪儿,本文的主人公"我"。

玛莎——父亲因杀死杰克的父亲而坐牢,母亲去世,她由科弗特抚养长大。

J. 菲兹摩尔·史麦斯——距离科弗特办公室挺远的一家银行的职员。

伊内兹——一个跳舞的西班牙女孩,史麦斯的老相识。

南希·福克斯夫人——一位结实的、美好的爱尔兰女人,巴尼·福克斯的太太。

巴尼·福克斯——运送灰浆、街道清扫员,南希·福克斯的丈夫。

汤姆·佩特森——一名机械师,卡尔文·佩特森的儿子,也是杰克的朋友。

卡尔文·佩特森——杰克父亲的好朋友,也是杰克的好朋友汤姆·佩特森的父亲。

第一章
命运的交易

/ 我的生活与冒险 /

正好十二点半，正午的阳光直射在华尔街的路面上，一位名叫纳撒尼尔这样虔诚的名字的小伙子，把一顶草帽扣在他那剃得很短的小平头上。他今天一大早就得到了总计二十五美分的收入，现在他宣布，他打算要去吃午餐了。

"科弗特法律代理人"

这是一个位于市中心的律师事务所，房门大开，并且门的两边被固定着，可以看到里面，冷冷清清；而真正的科弗特[1]，就在这个时候，从他那张罩着桌布的桌子前抬起头来。在这个公寓的内部，地毯、书架、霉味、一把大椅子和它上面的皮垫，以及三扇窗户中唯一一扇打开着的窗户上的嵌板，都在宣告着，这里是专权之王的圣所。而这位绅士的着装，显示出他应该是个教友派，或者贵格会[2]信徒。他个子挺高，有着相当圆实的肩膀，还有一张苍白的、方形的、刮得发青的脸。任何一个有过一丁点儿相面术知识的人，都不会看错那假装圣洁而其实是撒旦一般的眼

---

[1] 科弗特的名字 Covert，又是"隐秘"的意思，在这里有双关的意味。
[2] 贵格会（Quaker）：又名教友派，是基督教新教的一个派别，成立于 17 世纪。

神。科弗特先生有着一套管理视觉器官的办法，不过他的眼神却因为一些怀疑的神色，表现得不太好。现在，它们又被这个跑腿儿的小青年重新点亮了。

"行，去吃你的晚餐吧；你们都去，"他说，"我想单独待着。"

威格尔斯沃思，书记员，一个浑身烟草味的老人——不停地抽烟或者嚼烟草——离开了他那角落里的高脚凳，他刚刚在那里缓慢地抄写着一些文件。

老威格尔斯沃思！我一定是落下了一个能对你既赞美又惋惜的词；上帝真是给了你一副好灵魂，你这个滑稽的怪老头。

在纽约的各地，我见过一些比这样的老人有着更愁苦的眼神的人，他们似乎没有女人或者儿女，贫困至极，牙齿掉光，嘴唇陷在牙床里，衣衫褴褛。最后，只有在和可敬的饥饿与贫民窟的斗争中，结束自己的生命。

老威格尔斯沃思曾经发达过。但他举债和老年赤贫的主要原因，就是纵饮无度。可他从未彻底喝醉过，但也没有完全清醒过。现在，他以四美金的周薪受雇于科弗特先生。

纳撒尼尔，之前提到过，是一个有着巨大野心的小青年，他最大的理想就是有一天他能够在第三大道上驾驶自己的快马。同时，他抽着便宜的雪茄，修整着那温柔地搭在太阳穴两边的卷曲发亮的棕发，修成一种叫作"肥皂缕儿"[1]的形状。他平时打扫

---

[1] 肥皂缕儿（soap-lock）：美国俚语，指19世纪中期流行于纽约的一种男士发型，其中一缕头发如同用肥皂刷洗过一般，既顺滑，又保持固定的形态，故此得名。

办公室兼跑跑腿儿，偶尔会停下来用舌头或者拳头解决下争端。对纳撒尼尔来说解决争端是勇敢的，并且如果必要的话，他会本能地用暴力迫使别人接受他的观点。

从这两人面前解脱出来之后，科弗特先生坐下来开始写信，并不时地陷入沉思；在写完信之前，很显然他在忍受着巨大的痛苦。——然后他叠好信，装进信封，密封好，接着把信锁进了他的办公桌。

有人敲门。

"请进。"

两个人进来了。一位是精力十足的中年男人，所谓的工人阶级。另一位是您的谦逊的仆人，在讲述他的这个冒险故事中，他将承受所有这些痛苦，为了让您高兴，他就叫作杰克·恩格尔，这个时候，他看起来有二十岁——大概五英尺十英寸高，脚上穿着长袜———对棕色的眼睛，和红红的脸颊配在一起，看起来既显眼又趾高气扬，像是那些在结束工作之后，从市中心穿过拿骚街回家的女孩儿们中的一个。

"科弗特先生，是您吗？"我的同伴说。

"是我的名字，先生，您不坐下吗？"

"我叫福斯特，"他一边坐进椅子，一边把帽子放在桌子上，"我想，您前几天已经收到了我的信吧？"

"啊，对——对，"律师缓慢地答道。然后他看着我，"所以，这就是那个年轻人？"

"就是他,先生,我们就是过来看看事情该怎么解决。您看,我想让他当个律师,但这不是他自己想选的,他不太喜欢这一行当。但是我就是一门心思放在这个事儿上面;而且他还是个孩子,他听我的,同意踏实地学一年业务。然后他可以去做他自己想做的事儿。"

"他不是您的儿子,我想我明白了。"科弗特先生说。

"不全是这样,"那位回答,"但是也差不了多少。现在您知道了我的想法,我是个有话直说的人,我想知道您怎么想。"

"好吧,我们来试试吧,福斯特先生,不管怎样。"然后他转向我,"如果你明天中午之前来这儿,年轻人,在九点到十点之间,我就能多和你聊一聊,然后就开始教你。不过,我事先说清楚,你能学到多少取决于你自己。我的工作仅仅是指出最好的那条道儿。"

第二章
转折点

这一章是对前一章十分必要的回顾。

　　在以法莲·福斯特一天最早的一批客户中,来了一位白发小男孩儿,既不好看也不难看。以法莲在十字大街上经营着一个商铺,就在鲍厄里街东边;他卖牛奶、鸡蛋和其他一些杂货。到了冬天,他的职业身份会有所增加,身兼猪肉和腊肠肉的伙食营销商,在寒冷的季节,在这一带,这是一个非常兴旺的生意。

　　公平的美国能够媲美古希腊的就是对猪肉的爱。在应季的时候,你就会看到,街道上那些商铺密密麻麻,陈列着最讨人喜爱的冬季美食——美丽的红色和白色的肉片、巨大的火腿,或新鲜或烟熏,或肋条或前腿——在它们旁边,还有一个脸颊鼓鼓的笑眯眯的猪头,竖着两只肥美的耳朵。但是,对一些人来说更有吸引力的,是香料浓郁的腊肠肉,或者胶状的猪头肉冻。

　　在准备后一种货品时,可敬的以法莲总是令人称奇;居民们对香肠经销商委以了巨大的信任——当然,这一切是他应得的,而且他理应得到更多。他是这里住过的最好的那种人。人们时常说,他永远不会去北河[1]放上一把火。福斯特一路稳步发展,就算是在金钱事务上,他也比那些有着更多狡猾名声的家伙们要更

---

[1] 北河(North River):美国哈德逊河中的一段。

快更稳。他是不假算计的那种人，本性善良、自由并且慷慨。无可否认，这是一种谦逊的姿态，不过他依然因此获得了信誉。他有一套做生意的窍门，就是让自己吃点小亏——既保证不缺斤少两，还故意多找错一些零钱给顾客。

尽管柜台的上方就挂着一个大家都熟悉的招牌"不可轻信"，但是以法莲却轻信过很多次——特别是来自贫穷人家的恳求，或者是父母一方卧病在床。尽管有几次也造成了对他来说不小的坏账，但不可思议的是，从长远来看，他并没有真的损失。

一次，一个已经逾期一年的大宗订单几乎要完全亏损了，债主是一个贫穷的临时木工，而且他又搬到了城市的另一个地方，但当情况有所好转了，他就在一个清冷的夜里找上门来，堂堂正正地付清了欠款，还为以法莲的妻子做了一个当时流行的工具箱。另一个，是一位拖欠了很长很长时间的穷女人，孩子们都还小，他给她放宽了几乎一整个冬天的期限——否则，他们就要忍饥挨饿——她的丈夫，一个既放纵又得过且过的货色，死了之后，她便被她的朋友们带走。但令人称奇的是，不久后，她就找到了雇主，在三个街区以外的一个有钱人家里做厨师，而就是这同一个女人——现在在那个好地方被养得又胖又红润，不仅付清了所有的旧债，（已经欠了那么长时间，尽管以法莲自己曾经告诉她没关系，过去的就过去了；但是这位已经有钱了的厨师却生起气来）还给她的老朋友送上了一大宗有利可图的生意。关于他的善行，先是在主妇们之间流传，后来又传给了其他的人，然后你就相信了其实以法莲没有失去任何东西。像他那样好心肠的人,应该说有足够的回报去冲抵那些真正的烂账,而那些一直都没有返还的——确实不幸的坏账,他也就彻底放弃了。

这就是那位走运的亚麻发色的小男孩儿,前来寻求的那个人物。小男孩儿看起来好像没有做过任何晨间洗漱,既光着头,又赤着脚,还有就是,他看起来大约十岁那么大。

"你是谁呀,我的先生?"以法莲问,他以前从来没有见过这个小孩,尽管他认识,至少他认为自己认识,在这十几个街区住的每一位母亲的孩子。

那颗低垂的脑袋抬起来望着店主的脸,然后回答说别人一般叫他杰克。

"你打哪儿来呀?"以法莲又问。

杰克先生又抬起头,但是却什么也没说。他深吸了一口气,又吐出来,这是孩子们偶尔会发出的那种半是呼吸的叹气,仍旧看着以法莲的眼睛。

"我想讨要一些早餐。"最后从他的嘴巴里冒出这句大胆的话。

正在门前往外拖牛奶罐的以法莲顿了一下,有点惊讶的同时,他还有一些称意的虚荣。不是所有的男人,或者女人,都会被那种小小的不幸,还有杰克那简洁的语言风格所吸引。那不是一种厚颜无耻或者长年乞讨的人惯有的冷酷语调,更像是一种诉说——先生,我看出您的好心,而且它总是乐意施善。

其实还有一个原因。十个月以前，以法莲收养了一位白头发的小男孩儿，和杰克·恩格尔差不多大，不过年纪更小一点。在一个悲伤的命运之夜，三位医生给那个小东西会诊、施药，然后又成功地拖了五天。在小白头比以往更加苍白的时候，他死了。从那个时候起，店主的心就更加容易被小孩子所触动。

没有任何的烦扰，也无须任何商量，牛奶商和小男孩儿似乎在无声中达成一致，形成了一种默契。新帮手接了活儿，他们互相帮衬着打点一切，让各物归还其位。黄头发的小男孩儿先给石板路洒水，然后清扫干净，他也会在铺子里间忙活一些事——而那些曾经是店主自己才做的。

当以法莲在货品之间忙来忙去的时候，会因为陷入沉思，而不止一次地停住手中的活儿，很可能他在自己的脑子里权衡过新来者的忠实度——现在他时不时地待他很亲密。至于有什么特殊的念头曾经掠过小黄头的脑子，我已经忘了。

但是我应该知道的，因为我自己这个被遗弃的流浪者，找到了这个珍宝一般的牛奶商。是基督教精神影响了你，以法莲，不管你有没有意识到。如果我曾经粗暴地答复你，那我可能会为此失去身体——或者失去灵魂，因为我曾是如此的困苦——无父无母，无家可归——当我马上就会将逐渐熟悉了的犯罪，变成更糟糕的行动时——就是在这个重要的转折时刻，你收养了我，教育了我。

第三章
苏醒

这段时间，我偶尔才会因为我在遇到牛奶商之前的那些不同的命运情景而感到不安。

毫无疑问，假如你曾经来过纽约，或者在这里住过，你肯定见过一个又一个的小流浪儿，衣不蔽体。他们通常会徘徊在穿着长筒靴的男人周围，在地上捡来捡去，这样难以协调的动作，让他们的双脚长年地跋着地走路。这种拖脚走路的习惯有时会保持终身。

没有人会关心，或者表现出关心，对这些年幼的流浪者们。他们有一些是私生子，被生他们的人，当成是一个耻辱的永久证据而驱赶出去；一些是贫民落下的孤儿；还有一些受不了家庭暴力而逃出来的，这相当庞大的一群，当然了，是来自于高低贵贱不同的家庭；还有一些显然是生于条件不好又酗酒的家庭里的孩子，为了讨得更多的食物而走上了大街。

在警察局长的披露报告里，这群人被称为是新生的一代，他们的真实生活，远比任何浪漫小说更加危险而浪漫。

回顾过我之前的生活，那时的我就属于这群人中的一个。我们是地表上真正的流浪者，尽管我们的旅途仅限于一座城市，只有几英里那么大的地方。唯一的支配性原则就是存活的本能，身体的本能。当我们挨饿时就吃（只要我们能吃到），而一旦倦意来袭，就随地而眠。

我能清晰地记起，有一位最亲密的朋友，我曾同他分享我的好运和奇遇，他也同样如此对我。他只比我大一丁点儿。他的名字，按他说的，叫威廉，比尔，或是吉格斯，但我们为了方便，都习惯叫他比尔吉格斯。

比尔吉格斯是个很棒的家伙。实际上，当他兴致好或者幽默起来的时候，他经常宣称自己和经书里面的那些男孩儿差不多；但是关于他所暗示的那些丰厚财产，他从来不肯详说。他有一头红发，非常红。他从来也不打理，不过每隔一段日子，看谁正好顺手，就会叫谁来帮他弄短。有时候是用剪子；有时候是干活用的那种尖锐的大折刀；还有一次，我记得是用了一把板斧。我也很荣幸地执行过这项任务。一些装修新房子的木匠，去附近吃晚饭的时候，他们的工具就随便丢在周围。可怜的比尔吉格斯！我差一点就让他的脑袋开了花。

我的朋友从来不让我被势力更大或者狡猾的家伙们压制，虽然我太小了，不能在争吵中为他增加势力，但我仍然会设法让情况有利于他，好几次都达成了势均力敌的局面。比尔吉格斯很好斗，他会因为一个小小的触犯就加入争吵或者斗殴，而有时候也会招来一顿痛打。

一天，我记得他拿东西投中了一个比他块头大很多的男孩儿，因为他很轻率地批评了比尔吉格斯，企图给他泼脏水。为了这个，他经历了一场最差劲的打架。当战局正酣，他满心斗志挑战大块头的时候，路上的一块铺路石恰好松了，它绊了比尔吉格斯重重的一跤，他的一边儿脑袋撞在地上，身体摊平了，血也不住地往外涌，让那位胜利的好伙计占了个大便宜。

我提到这事是因为，这是我第一次意识到人的个体性，在很多年之后，这种意识在我的人生之路中发挥了重要作用。

比尔吉格斯被送往最近的一个地下室，在那儿有人帮助了他。

在那户人家里，只有一位贵格会派的老太太和一个与我一般大的小女孩儿。老夫人非常谦和有礼，在为比尔吉格斯洗净了血迹斑斑的脑袋之后，又向邻居药剂师要来了石膏，还用她那条很大的、干净的白亚麻手绢为他包扎好。因为老夫人的手不那么灵便，所以是那个小女孩儿帮忙固定并且打好了结，她的动作如此的温柔和灵巧。当我看着她的时候，我觉得，这个脸颊红红的小女孩儿就是来自天堂的天使。

比尔吉格斯后来一直随身带着那块手绢，不能忍受任何没有它的时刻。几年以后，他带着它去了墨西哥。就在那儿，他又获得了一道伤口，比曾经的那块铺路石给他的伤口要更加难看，但这次没有贵格会老太太来照料他。而且正是这道伤口，把他送进了长满仙人掌的坟墓。

这就是比尔吉格斯的结局，比那些穿着干净的高领衬衫，周末按时去教堂的年轻人，要不幸得多。

而这个小女孩儿——老夫人说是她的玛莎——也和我一样愉快地交谈，当我们离开的时候，老夫人对我说，我们可以经常过来，来拿点任何她能给的东西，无论是食物还是衣服。

我不知道为什么，反正不管是我还是我的朋友，都没有再踏入过那间地下室，哪怕是我们正饿得要死。可能是我们有生以来第一次，被仁慈而理性地，像一个真正的人类那样对待。我知道，就我自己来说，它唤醒了一种我从来都不知道的感觉，就是我将来会愿意为了一位老妇人，或者一个孩子而死，只是因为我对他们的尊敬之情，或者是，为了他们美好的那一面。

关于我对这一天的印象，就是我刚才所描述的这段小插曲。那位慷慨的老妇人的面孔，以及她帽子上环绕的蕾丝花边萦绕在我的脑际，她银白的头发梳理得十分整齐——而另一张面孔，如同纯洁，天真和善良的化身——在她对我的那一瞥中，蕴藏着的是幸福、平静、诚实、无忧的生活。我相信，我的意思是，所有的这些行为，都从此激发了我的一种美好的天赋。像我这样的孩子，（啊，一个孩子所能畅想的，远超乎大人们的想象！）我看到了我的那个卑鄙、匮乏和堕落的阶层，与他们那种精美、整洁与安全的贵格之家之间，在道德上的差异。我领悟到我和他们一样，也有着同样的血肉之躯，同样的禀赋。我受到了鼓舞，啊，那从他们真正恭敬的善意中所发挥出的能量，是他们自己做梦也想不到的！

不过，那些认为社会是邪恶的，并以此为基础而建构出庞大理论框架的理论家们，对此可能会有别的看法，不过我只是草草地记下了一则个案故事，就让那些看到这些篇章的人们，去展开他们自己的设想吧。

第四章
三人聚餐

在我住进以法莲·福斯特的家里之前，无论邪恶与堕落的种子怎样根植于我的人格，在我被收养之后，这些种子都没有机会继续长大。他和他的妻子就像对待儿子那样待我；甚至比很多人对他们自己的儿子还要好。

善良扼住了长期以来在我内心的那些不良取向，但这善良曾经仅仅是在我脑子里一闪而过，只是当我身处贵格会老夫人的家里时，它才迅速成长并且永远持存。我爱皮肤粗糙的以法莲，但是比爱他多一点点的是爱我亲爱的妈妈，（我一直那样叫她）他的妻子薇奥莱特。

薇奥莱特！那是一个除非停止心跳，否则我永远都不会忘记的名字！

让我来说说她。

她虽然有一个柔弱的、谦逊的花儿的名字[1]，但其实她身材高大，体型就像一个男人。当以法莲和她结婚的时候，她还是个喜欢户外劳作的乡下姑娘。她长得不够标致，但是肤色白净健康，眼睛里永远闪耀着快活的光芒，又十分乐于助人。她几乎没受过什么教育，不太懂得那些人们在所谓的温室里学到的知识。

---

[1] 薇奥莱特的名字 Violet 有着紫罗兰的意思。

对女权之类的观念也毫无想法，更不熟悉什么地理奇观。但是她有一颗美丽的灵魂，而且，那朴素的外貌因为洋溢着甜蜜而显得熠熠生辉，所以对我来说，她比任何意大利大师笔下的圣母要美丽得多。

像马一样有力的薇奥莱特，却有着鸽子般的温柔。她给我准备的第一顿饭尝起来是那么可口；那天早上我在柴房的大木桶里洗过澡之后，她给我穿的那件便服，是那么清新和芳香；在提醒我要入乡随俗的时候，她的口吻是那么温柔。不过薇奥莱特可是个挑剔的主妇，是不允许一粒灰尘来玷污她的眼睛的。

耐心、体贴、自我牺牲，母亲！守护着家庭，守护着孩子们，就是如你现在所见的这样。

我在这里度过了十年的时光，平稳而幸福。只不过后面的六年里，我的大部分时间花在了学校里。尽管我并不想去上学，而是想去经商，或者做个职员，但是我的父母却不同意。他们的生意很好，所以他们的理由是现在的生活模式还足以应付生活，当他们老的时候，才可能会轮到我。

以法莲已经打定主意让我以后从事法律行业。我知道这是出于对我的爱，所以我也没有坚定地反对过他。而事实上，这与我自己所设想得完全不一样。

波斯诗人曾说，年轻人脖子上最闪耀的珠宝，就是一种冒险的精神。我觉得我满怀着这种精神，但是现在我却压抑着它，不让它走漏声息，因为我尊重他们的意愿，他们是为了让我改变人生，过上一种所谓的有价值的生活。

你们已经知道了我被介绍给科弗特律师的情况。第二天我就按时赴约，正式开始办公室里的学习生涯。对一个学习法律的学生来说，老师给我的这个初级课程的大纲，内容真是够简单的。当我对办公室环境熟悉起来的时候，那种最初的陌生感也很快随之消失。

我确实被纳撒尼尔，这个跑腿的男孩儿逗得很开心，而对威格尔斯沃思则深感同情。就在早晨还没有完全过去的光景，我们三个就已经相处得非常愉快。纳特[1]很鲁莽，但是他还有一份当季的或者过时的，可供他慷慨发挥的机智。他故作庄重地称呼我为"恺撒·德·巴赞阁下"。因为在他常去赏光，且不时奉上一个先令致意的一家剧院里，有一个表演这个角色的演员，而他非要认定，我和他之间有着某些相似的特点。从那以后，他就坚持称呼我为恺撒阁下。

"一定不会让我的主人忘记这次款待。"这个大宝贝儿说着，还敬了一个滑稽的礼。

正午十二点半，为了庆祝我就职的重要的历史时刻，我被招呼去吃一顿简单的午餐。

我们知道科弗特先生这时候要约见他的客户，而且，（就像威格尔斯沃思经常对我说的那样）他说他希望厨房能干净一

---

[1] 纳特（Nat），是对纳撒尼尔（Nathaniel）的昵称。

点儿。

　　一小拨儿人正等着我们离开。当我们走到门口的时候，我看见两位女士上了一辆马车。马车夫是一个大个子黑人，他穿着男士斗篷，坐在一个箱子上。

　　那两位女士，（这也是威格尔斯沃思在路上告诉我的）是富婆塞利格尼夫人和她的女儿。这位夫人很胖，肤色很红；长着一个鹰钩鼻和一双锐利的黑眼睛。她的身上穿戴着珠宝和丝绸，闪闪发亮，并且沙沙作响，时刻散发着浓烈的香气。她头上有一顶黄色的丝绸软帽，被固定在脑后，昂贵的蕾丝，就在她的鹰钩鼻前面。肥胖的手上戴着一双白色小羊皮手套，手中还拿着一块飘着浓烈香水味儿的手帕。她与其说是在走路，还不如说是在摇晃，然后喘着粗气陷进科弗特先生为她准备的大椅子里。

　　她的女儿，丽贝卡，则显示出了更富魅力的气质。她是一个很有犹太派头的美女，身材又高又苗条，散发着成熟女性的味道。她的穿着也很考究，华丽中还显示着一些那个民族特有的对于珠宝[1]的偏好。

　　下楼的时候，我注意到科弗特先生从屋里面关上了门，还上了锁。我们用完了餐之后，大家几乎毫无异议，一致同意来点气泡苹果酒，纳撒尼尔说这个能让他觉得自己又恢复了青春。威格尔斯沃思也兴致高昂，还举杯祝福我能从法律那里

---

[1] 犹太人在历史中擅长经营珠宝，英语中的 jewelry（珠宝）一词，即由 Jew（犹太人）衍生而来。

捞到好运。

"那样的话,"纳特说,"你就得站在原地别动,永远不要再踏入科弗特的办公室。如果你想知道这个孩子会怎么看他,只要——"

但是他立刻闭住了嘴,马上我们就领会了。

我将会在下一章补上纳特没有说完的部分,另外还要说说我跟法律相处得究竟怎么样。

第五章
陷入窘境

我能忍受吗？尝试着不让我的青春热血涌向一篇蜜糖般的文章——这些充斥着净利与毛利，计算和衡量的东西，并且还要与那些可靠的、秃头的、令人尊敬的老绅士们进行明智的交谈，一手拿着铅笔，一手拿着一册空白的小本子？这种没完没了的分出第一章、划出第二章、切成第三章的行动序列，除了让我的脑袋像地球绕着轴心那样转个不停以外，还能有什么别的好处吗？难道，鼓起勇气去解决困境，与以法莲·福斯特、薇奥莱特和科弗特一起召开一次会议，坦白地告诉他们我既不适合学习法律，法律学习也不适合我，然后不失谦和地坚定宣布我再也不会继续下去了，这样不是更好吗？

我已经在科弗特的办公室待了五个星期了，结论就是上述的想法。

我这个年纪——我说过我已经过了二十岁了——一个智力健全、身体健康的年轻人，想要做的是——一些真正有意义的事情，让他能充分挥洒他的活力、情感、说不完的道义和身体里洋溢的青春。年轻人的目标也许总是不太明确，一些表现为想要满足一种去海上冒险的强烈渴望，去完全陌生的地方，甚至哪怕设法进行一些小规模的转移；一些则想要追求那些能让他们全身心投入的特殊的事情；这些目标如同人类自身一样千变万化，对于向往它们的年轻人来说，唯有追求是不可阻挡的。

所以，学习法律是满足不了我的这种激情的。我越来越厌恶这件事，虽然涉足还不算很深，但真的已经受够了。我强烈地预感到我不可能从中得到快乐——而真正能令人快乐的，是出自本能的，不需对它如此纠结，从心而行的事情。

但是我的好父亲——把我从毁灭中拯救出来的人——用责任压制住了我——现在又用成袋的金钱，比以往更加慷慨地支持我，比那些富人对他们的儿子更甚——他们的心都被金钱套得牢牢的！

最近有一次，我用了一种可以说是半玩笑半认真的方式，冒险吐露了一点风声，想试探一下，看以法莲会不会在我学法律这件事上有任何松动的可能。结果他拉长了脸，仿佛不小心被淋了一头水那样，我赶紧避开了这个话题。

我真的要惹他生气吗？这个只有在十分要紧的情况下才会要求我服从他的人？要继续下去，而不是承认这是件对我来说犹如苦刑的事业，不是为了别的，仅仅是为了他吗？会不会将来我改变了，发现现在的厌恶只不过是出于孩子气的偏见和懦弱？

这样的思想斗争和矛盾深深地困扰着我，从来到科弗特的办公室，到现在的几周时间里，这种困扰已经变成我幸福人生里的一大块乌云，然而我还是没有做出决定。我一如既往地在章节、标题和各种法律条文中跋涉，并且开始想象，自己那苍白憔悴的模样，仿佛已经变成了一个真正的专业的名人那样。

如果不是经常会有一丝温暖,能缓解这份工作的干枯和晦暗。[原文如此]兴趣或者好玩。那非纳特大人莫属,还有所有他所说的,所做的,包括他所携带的,和他所教的鬼把戏,还有他那温顺的大狗杰克——它的欢跃和机灵的个性,那显眼的长长的黄毛,衬托出这个男孩儿[1]明快的生活。纳撒尼尔从来没有把杰克看成一个畜生,而它也对主人报以同样的友情。

　　确实,杰克的行动非常自由,一天下午,当它和纳撒尼尔刚吃完午饭回来的时候,这一点就被充分展示了出来。一位女士正站在办公室的桌子旁边。而同时,科弗特先生正在隔壁房间的桌子那儿,和帕帕瑞奇·费里斯,一个经常为了事务而登门的股票和金融投机商,严肃地交谈着。

　　这位女士还算年轻,但也到了拔过智齿的年纪,显然她是在等着费里斯。她看起来既时髦,又冷静,这种人通常过着一种戏剧化的生活。她的面孔虽然不太漂亮,但却明朗并且神情愉悦,她有一双黑色的眼睛,皮肤则是棕色的。她身高适中,举止优雅,穿着一身昂贵的浅色丝质衣服。

　　"啊,你有一只漂亮的大狗,"当杰克摇着尾巴,向她踱步走去的时候,她说。并且弯下腰来轻拍它的脑瓜和肩膀。

　　杰克没有任何犹豫,立刻表示了它的心意,就那么一瞬间,在昂贵的丝绸裙子上,印出了两只硕大的、又泥泞不堪的爪迹。

---

[1] 男孩儿,此处指的是狗。

这位女士发出了一声轻微的尖叫,并且愤怒地向后退去。因为她是个女人,而那件裙子现在也确实是太过显眼。不过,当科弗特先生怒气冲冲地过来,严厉地责骂了纳撒尼尔,并且提醒他,要遵守不许带杰克进这种神圣之所的禁令——而那只机灵的动物正吓得匍匐在旁边,神情沮丧——同时纳撒尼尔比这只贤明机灵的年轻绅士更加垂头丧气——这个时候,那位女士友好地笑了。

"噢,没关系,"她说。"没事,是我自己的错,是我叫它过来的。"

然后她打着响指,又把杰克叫了过来,说她保证只要洗掉爪印之后不会有任何影响,还一再嘱咐律师不要怪罪它,她说这些话的时候显得十分愉快。

这件事情的另一个结果就是,几天之后,在纳撒尼尔的怂恿下,我花了五美金,去参加了剧院的一场晚场义卖,在给了威格尔斯沃思一张票之后,还给纳撒尼尔的一两个好哥们儿,选了几件相似的礼物。

第六章
西班牙女郎

当她在舞台上的时候，真是美极了，她那件丝绸裙子上，被杰克印上爪痕的地方，现在补了一块薄纱制成的跳着舞的女孩儿。她的腿和脚都非常美，她的手势和姿态既从容又优雅，这在程式化的芭蕾舞表演中实属罕见。

当这个如此好看的女孩儿——伊内兹——开始她那一部分表演的时候，我听见从某个角落传来了一种奇特的鼓掌声，查看一番之后，我发现是纳撒尼尔大人，以及他的朋友们，他们人手一根大木棍，正兴奋地彼此敲打着。

纽约是一个锐意进取的城市，有着很丰富的资源，但是其中没有什么是比这样的一群青年，更能让人直接地感受到它的能量——他们的文化和他们刚刚绽开的青春。

就在这时，我那被纳撒尼尔和他的朋友们吸走的注意力，现在又被我旁边的人吸引了过来。

"啊——魔鬼一样可爱的女孩儿。啊——嗯"一个打扮整齐、时髦显眼的绅士在我旁边说，并向我赞许地点头。我和他有过一点交往，但关系不是很好，而今天晚上，进入剧场之后，我们就刚好坐在了一起。他是距离科弗特办公室挺远的一家银行的职员，在他身上那个做工十分上档次的釉瓷小名牌上，写着"J.菲兹摩尔·史麦斯"。

非常抱歉，我之前没有对他做过详细介绍，这同一个人，菲兹摩尔·史麦斯。实际上，我们的相识要追溯到很多年以前。他只比我大四五岁，我最早认识他的时候，他还是一个在我家旁边的纺织品店里干活的帮手。年轻的史麦斯先生，就算在他还只是个小男孩儿的时候，就非常、非常有上等派头。他锤炼自己那最擅长的、也是唯一的社交能力的方式，就是卖布匹给妇女们——他在柜台的这边，她们在那边。当然，就这种方式而言，他确实表现出了那么几分的才华。在面对不同阶层，不同年龄，不同脾性的买家时，他能使出不同的应对方法，比如下面的例子就可以充分说明这一点。

"今天还要我给您介绍点其他的什么东西吗，夫人？"

"不，夫人，我们可不卖陈货，那一点也不旧，是现货。"

"女士们，你们到哪儿能找到这样的货买？"

"这是货真价实的法国货，夫人，但是挺旧的——那我给你便宜点好啦。"

"啊，这比本钱还要便宜了，夫人。"

"真的，我确信你会喜欢用的——我保证它像石头一样耐洗。"

"这个是有点贵，但是夫人，这可是最好的材料，一先令三便士是我能给的最低价了。"

等等，诸如此类。

再补充一点菲兹摩尔的其他特点，他有一种辗转错乱的说话方式，就像一条在沙滩上搁浅的鲸鱼。他放低声音，发出一种咕哝般的喃喃自语，然后在其中穿插一些偶然的、痉挛般的意见。这种喃喃自语，或者含含糊糊的插入语，能使他保持一种优势，就是让听者自己去主动揣测他的意思。根据听者所选择理解的途径，去了解他们的心理意图。这个方法经常很受用。

"呃——嗯——""啊，我想是这样的。"等此类的短语，帮我的朋友做成了不少的股票生意，现在，他早已不再只是纺织品店的水准了。

为了回应他刚才对跳舞女孩儿的称赞，我问他是否此前见过她。

"呃——嗯——可以这么认为——和伊内兹非常亲密——拜访过她。"我知道史麦斯很有攀附名流权贵的野心。表演结束之后我们一起离开了剧院，然后进了旁边的一家饮食店，就在那儿，他跟我讲了他所知道的关于伊内兹的事。

她是个纯血统的西班牙人，但肯定是在很小的时候就到了英国，她的英语里没有夹杂一点儿外国口音。她非常的独立，她的财产和一些良性的投资使她获得了很好的声誉，不过史麦斯大部分所谈的，是伊内兹颇有好人缘，但是只有其中的少数几个人，能够沐浴在她那好感的笑容和友爱之下，他分明是在暗示我，他自己就是其中之一。他言之凿凿地向我宣称，他经常去拜访她，和她一起度过了世界上最美好的时光。

可能他看出我眼神里的一些，比如质疑的神色，所以凭着一杯葡萄酒的兴奋劲儿，他许诺我，如果我愿意，就给我一个机会，一起去拜访迷人的西班牙女郎，我们约定了某天晚上，在他的公司里碰头。

第七章
败类的画像

没花多少工夫，我就对科弗特的为人有所了解了，特别是威格尔斯沃思也主动提供了很多有关他的信息。而我日复一日地，在办公室里的各种观察，更让我对他有了全面的认识。科弗特是个毫无原则的人，可以肯定地说，他极端自私和贪婪，但无论他是不是一个真正的狡猾的恶棍，哪怕不是，我也绝不会相信。

我从威格尔斯沃思那里听说，科弗特会有这样欺诈的个性是有其根源的。从他小的时候他父亲就对他进行这方面的训练，他也证明了自己是个好学生。在他最早搞出的那一批鬼把戏中有一件事，下面会讲到——就是他和他父亲两个人是如何设计算计别人的，而那个时候，他尚且还年轻，也不过才刚刚开始实习。他的父亲和一位诚实的木匠签订了一项合同，而其实，要怎么以投机的方式盖一所房子，他早就已经算计好了。盖房的方案已经商定妥当，日期定好了，图纸也已经画出了，他们又敲定了一个彻底完工的截止日期——木工也确保了他能完成。因为木工也有一些不多的财产，所以在木材、五金和其他经销商那里都有不错的信誉，现在他指望着从科弗特先生的工作上赚得一笔钱，来支付房租，为此他真的承揽了很多的工作。他有一大家子人，为了能给他们租下一所长期住的房子，他确实非常焦虑。

好，工作进行得十分顺利，房子外面被封住了，而房子里面的工作已经完成。但是就在一切按部就班进行着的时候，科弗特们又突然想把内部的某些地方改进一下——包括檐口等一些地方要换成更好的材料和进行更为精细的加工，这些就务必得是慢工细活才行。木匠告诉老科弗特，这样下去，房子不可能在约定期限完工。他得到的回答是，（没人会遵守那个的，）别在意，继续干，把活儿做漂亮就行了，完全不用担心什么截止日期。

解决了后顾之忧，我们的木匠也没有产生任何怀疑。所以当合同上规定的日期到来之时，他也没当回事儿。就在截止日期的第二天，当他正与他的学徒和几个熟练工人在房子里埋头苦干的时候，两个登门的警察着实让他大吃一惊，那两个警察命令他们把房子清理干净，然后查封了房屋，最后还把他们押走了。

两个恶棍的策略和实施真是太周到了，在法律的帮衬下，木工和他的整个家庭就这样被毁了。科弗特还捏造了一个损失声明，所以他一个子儿也不用掏。而木匠在木材商、五金商的追索下，把他那点小小的财产，全部用来抵了债。他成年累月辛苦劳动积攒下来的美金，瞬间就一扫而空了。

科弗特就以这样的方式完成了他作为律师的起步，在他宝贝父母的指教下——穿着白领套装，以上帝之名发伪誓，而且无论怎么看，都是个清清白白的人。那个老家伙是否还活着我不知道，但是这个儿子——我诅咒他！

科弗特——当然，就是我正提到的这位律师，现在——在他的自私的诸种样态中，还有一项就是政治野心。他曾经试过一次，想进入州议会，但是被排挤掉了。如今，他煞费苦心地搞到了议会的提名。他得先成为市议员候选人，然后，再参加一次全市的民主选举，他希望激流勇进，因为在所谓的前期竞争中，他所在的党派已经获取了相当不错的票数。

关于科弗特的资产状况，威格尔斯沃思也不能多谈。他只是说律师生活奢侈，当然，他住在上城区，就算是偶然资金短缺，他也能设法保持收支平衡；他的业务资源可是非常之多的。

律师对我没有特别的关照，只是一种寻常的礼貌。他显然并不想费心栽培我，既没打算赢得我的友情，也并不担心我的厌恶。唯一让他觉得有点小小困扰的就是，在这种商务性十足的场所里，我显得太像个学生，我所能做的不过是偶尔帮人抄写材料，或者是寻找一些法律条文。

我仍然对这个职业心怀不满，随着时间流逝，无论放不放弃，我都又开始纠结。科弗特就是这个行业令人讨厌的一个证明，我也绝不可能改变初衷去加入他们。

在与杰克的惊险一幕之后，伊内兹又过来拜访过几次；并且，不知从什么时候起，我们就相当熟悉了。我必须承认一开始的时候我有些羞涩，但是她却显得非常轻松和友好，没有任何扭捏作态的样子。一个年轻人在被一位非常漂亮的女人友好地对待时，他的羞涩也不会持续很久的。

一天，伊内兹已经来了有半个小时了，而科弗特先生还没有回来。

老威格尔斯沃思坐在角落埋头苦干,誊抄那些似乎特别复杂的文件。纳撒尼尔在外面那条又长又宽的走廊里和杰克嬉戏。我看好像没有人招待她,就给她腾出一把椅子,距离我很近,对我这样一个不谙情事的年轻人来说,之后的事情很快就有了不可思议的发展。我们交谈、大笑、谈论伊内兹的慈善表演,就这样,我们融洽地相处了一个小时,到最后这位西班牙女孩儿给了我她的地址,邀请我在她没有表演的晚上去拜访她。

我提到了菲兹摩尔·史麦斯先生的名字,说他自称是她的老相识,她笑了,说,"带他一起来,我可不知道敢不敢单独见你。"

这一下打击到了我,我可是非常不希望带着他,我就这样告诉了伊内兹;她却笑得比之前更痛快了。

"我把史麦斯放在一个不可或缺的位置,"她说,"看来我的担心还真的是有必要的。"

话正说着,科弗特进来了,我们的聊天就这样轻松地,同时对我来说也十分遗憾地结束了。

而在我们谈话的同时,我非常好奇的是,究竟是什么把她带到了科弗特的办公室来,我发现这个跳舞女郎的每次拜访,都会提到她用闲钱投资的股票。很可能是因为科弗特参与的其他众多工作中,有一项是在一家保险公司兼任职务,而帕帕瑞奇·费里斯和史麦斯都建议伊内兹跟他进行投资。也许我的怀疑毫无由来,但我还是决定去调查一下,看这件事情是否另有蹊跷,无论史麦斯还是费里斯,我都不相信他们毫无所图。

第八章
我嫉妒了

伊内兹——她只有这一个名字,除非是在一些法律文件中,出于一些条款的需要,才会加上"一个跳舞的西班牙女孩儿"这样的说明。伊内兹属于一种专业人士群体,他们这类人中,有很多人的父母就是靠公共服务事务来谋生,受益于民众的喜爱,他们很早就会发迹。

所以这些不幸的人,在他们很年轻的时候就会遇见各种男男女女。因为兴奋感的刺激,他们蓬勃发展,但就像温室里的花朵,他们这样的成长经历有时候会造成他们的脆弱和败坏。

关于伊内兹,其实,曾经发生过一件事情,能够说明为什么她会表现出一种根深蒂固的警惕的本能。后来,当我们逐渐变得亲密时,她告诉我说,第一个她真正爱上的男人,(那是在她人生的清晨)教会了她人生中最有用的一课。那是个背信弃义的人,而她既信任他,又忠诚于他。那次背叛就像一枚灼热的金属,在她心上烙下了深刻的印记,年轻的灵魂要花费如此漫长的时间,才会强烈地需要那个警示性的"注意",而一旦它降临,就永远终结了他们人生中最初的快乐和最轻易的信任。但同时,它在这个邪恶的世界上是那么有用,没有它我们甚至无法彼此相处。就这样,当学到了足够多的时候,扭曲的脸庞就会消退,忧虑的心情也会消散,一切才会变得更好。

"噢,"坦诚的姑娘说,"我没有独自去各地旅行过;我也没有用演出来捞取私利,而那些庸俗不堪的人——才会去旅行,住在各种样式的房间里——遭受各种类型的意见,以及各种形式的掌声、冷漠和嘲笑。我并没有经历这些,或者直接说,我什么都没有去做。"

"你之前曾直率地问我对于自己的看法,我也一样直率地回答你。我知道我不好,但是我也从不认为我非常堕落,我的同情心和那些所谓的好人一样。我保持诚恳而不心存卑鄙的恶意;我不伤害但也不接受不信任我的人。我从来不对任何人不公正——我并不认为自己比堕落或者迷失的人更好——但对他们报以同情和安慰。"

她突然住了嘴,用她黑色敏锐的眼睛看着我俩。

"我是不是搞得自己很滑稽?"她补充问道。

完全相反,我非常钦佩这个独立的,某种意义上,也是不幸的女孩儿,那些促使她如此描述自己性格的鲜明事实,我也深刻地感同身受。

但是——无论嫉妒与否,一些在这个时刻进入我心里的念头却是——这样的女人会爱上史麦斯这样的花花公子?她可能与史麦斯已经相处得非常好,因为在这个充满挑战的世界里,需要学会这种男人般的接受命运的方式。但是史麦斯,他却是那种鬼鬼祟祟的,既懦弱又只会逃避的人——在他的观念中有一些错误的东西,而他却怯懦地希望以此来迷惑人们的眼睛。

我没有回答伊内兹的问题,而史麦斯则是照旧的:

"啊——哦——呃——嗯——哦,当然没有。"

我们喝了咖啡,吃了一些小饼干。咖啡真是令人愉快,是伊内兹亲手做的,她告诉我们说,她调出的咖啡是一种西班牙式的风味。

一位结实的、美好的,爱尔兰女人——南希·福克斯夫人,巴尼·福克斯的太太,七个小福克斯们的妈妈,从世界上所有的人中脱颖而出——为我们做了这些点心。或者说她根本就是为了服侍我们而出现的,只是伊内兹心情这样的好,并且又这样的敏捷和优雅,所以其实是她自己准备的一切。

巴尼和南希还有他们的一群孩子,就住在这栋房子的后面,这位整洁能干的爱尔兰女人的服侍,对伊内兹来说是无价之宝,她简直成了伊内兹生活中不可或缺的人,而伊内兹对她的回报也非常慷慨。巴尼从事的是一项可敬的工作,平时他运送灰浆,但稀奇的是,他竟然又在政府里找了一个街道清扫员的职务。这位巴尼是个非常精明的人,随着事件的进一步发展,这一点会越来越明显。

现在,当我回过头来看,除了在那个舒服的小客厅聊天、喝咖啡,我们还度过了很多比这无聊的夜晚。几把舒适的椅子围绕着客厅中间的圆桌;一个星形的吊灯把柔和的光芒投在每一件事物上。因为那天非常冷,所以烧起了很旺的炉火,发出噼噼啪啪的响声——就在壁炉旁边,放置着一条质地厚实的长软椅,当每个人都在享受咖啡的时候——福克斯夫人就坐在那里，戴着雪白的帽子，穿着干净的格子围裙——在需要的时候，伊内兹自己，和一位年幼的小福克斯，漂亮的玛吉也可以随时在那里休息。玛吉蜷缩在她的长袍里，沉浸在对这庄严美景的敬畏中，还不时地享用着伊内兹亲手喂给她的小蛋糕。

天哪！是的，我现在可是好好地想起来了。伊内兹拿出了一把旧吉他，调音是一项比爱还要费心的劳动。她给我们唱了一些快活的歌，一开始是英语的，然后，当夜色更深，她便开始唱西班牙歌曲，而且唱得更加动听。当福克斯夫人带着一大堆剩下的——对她来说是非常美味的食物——离开之后，我们还坐着，听着并且唱着。伊内兹声音不大，但是在她演唱的时候，她的歌声里有一种深切的感情。它们虽忧郁，但却并不哀伤。

当我们离开的时候，还不算太晚。这时发生了一件事，给我的惊讶大大超出了我的喜悦，我的老朋友史麦斯竟然要和我一起离开。

"为什么，"我说，当他拿着他的帽子，站在走廊上的时候，"我以为你要留下来——我是说，我不知道你现在就要和我一起走。"

几乎就在讲话的同时，我意识到我说错话了。史麦斯脸红了，捻弄着他的小胡子。

"呃——嗯，其实，不是现在。"

伊内兹盯着他然后又盯着我，无疑是凭着女人的直觉她猜到了真相。

然后是一片沉默，就在那个时刻，我很担心涨红了脸的西班牙女郎，马上就要给我们点颜色看了。

但是她没有，她笑得喜气洋洋，然后比平时更加沉着地看着我的脸说：

"你无法想象比世界上所有的设想更加荒谬的事。到了某一天，你一定会学到这一点的。我希望如果我需要的时候，你还会再来看我——因为我们有过这样一个令人高兴的夜晚，并且我喜欢你，晚安了。晚安，史麦斯。"

然后她很快地转身，进屋，把门锁上，甚至不等我们再说一个词。

"嗯——嗯，"当我们向家的方向走去，史麦斯说，"魔鬼女孩儿在开玩笑，她最后那一下应付得才好呢。"

若不是这次被当头浇了一盆冷水，我可从来不会有机会听到史麦斯说出任何像这样的，展示出他内心深度思索的话。

第九章
熟悉的陌生人

科弗特成功地获得了提名。在那之后，他在家里举行了两到三次的非正式聚会，其实这些聚会，就是他为了确保选举胜出，拉拢人脉的一项手段，应他的要求，我也必须在场。自从他获得提名之后，当然也就更加谦和有礼——尤其是对我。因为他需要以法莲·福斯特的投票和影响力。此类人物其实不容小觑，科弗特的目标，就是通过这些聚会，尽可能地让他们发挥全部的作用。

当我敲科弗特家的门的时候，天刚刚黑下来。我发现我到得比预期的早了一点，律师还没有回家。应门铃而出，为我开门的是一位年轻的女士，街灯的光芒投在了她的面孔上，让我感觉到，就像人们经常会有的那种模糊的感觉，就是有些人看起来似曾相识，但却又难以具体地描述。

这位年轻女人穿着一身干净的贵格派风格的衣服，不过颜色更加柔和，而且还有一个与普通样式不同的特点就是，在衣服上线条比较硬朗的地方，都被添加了装饰。那种灯光照在她脸上的感觉，让我觉得非常惬意。她招呼我进来，说科弗特先生再过一小会儿就会回来，如果我愿意等他，可以先进房间里随意看看。我愿意等着，不过只是在宽敞的大厅里，那里有一张放着书和报纸的桌子，我打算就在它旁边坐着。

那个年轻的女人为了把悬挂在天花板上的吊灯点亮，也在这里停留了一会儿，正当她这么做的时候，她的脸抬起来了，那种似曾相识的感觉，又再次向我袭来。究竟在哪儿见过呢？就在我几乎要开口和她讲话的时候，她却已经调好了灯，步履轻盈地走下了通往地下室的楼梯。

或许是科弗特的女儿，我想，如果真是这样，那我可不会恭维她的出身。但是，不，她并没有任何遗传的特征。她的眼睛是灰色的，而且表现出的是慈爱和深情；她的脸庞既健康又神采奕奕；她身材丰满，几乎可以说是胖；但她的体型，手，脖子等等的线条都很优美。还有，虽然胖，但是她的行动轻快敏捷，并且，当她点灯的时候，她经过我，往楼梯那边走过去的时候，还有她轻快的下楼声，所有对她的所见所闻，都令我产生了一种明快的愉悦感。

你看，我才刚到一小会儿，就对这些重要的细节产生了强烈的兴趣。特别是当我认识伊内兹之后，我发现我诸如此类的好奇心就在不断增加。现在科弗特回来了，随同他的还有两个朋友。

我们一起转移到了起居室——更多的人也加入进来了，现在房间变得非常拥挤。那两位朋友一个是市议员赖伊，一位有钱的食品批发商，另一位是以撒克·里奇议员，一位富有的绅士。尽管他们都支持科弗特先生，但是他们的政见却相差甚远。政见！是的，他们就是这么叫的。

"为什么，先生？"我听见市议员赖伊的声音高过了其他人,"难道可恶的辉格党酿成的恶果还不够多吗?国家不是已经差不多被毁了吗——毁了,先生?"

所幸我坐在房间的后面,但是也能清楚地听见前面那激动的声音。

"我们输了,先生——输了,所以作为一个商人,我赞成你,"以撒克·里奇议员回答,"但是并不是因为辉格党做了什么。先生,它是我们自由的守护神。先生,倘若以他们的方式,罗克福克党[1]五年之内就会彻底搞垮这个国家。他们的代表们根本无视真相,整个政党都不遵守法律。"

"法律!辉格党根本就凌驾于宪法之上,没有什么慈悲。互相扯皮,腐败,那才是他们的游戏。"

"如果不是秉着宪法的权威,杰克逊将军能除掉那些残渣?"

"那么像流水一样地花钱贿赂国会议员的是谁?"

"否决权,先生,对我们的自由来说是极其危险的。"

接下来就是混着"交易和腐败""克莱""亚当""我不认同这个,先生""我可以证明"诸如此类的声音等等。

真是一个相当好的样板,类似以撒克·里奇议员和市议员赖伊这样的交谈随时随地发生着;他们不仅乐在其中,并且还认为他们的争论十分深刻,能引起听众极大的兴趣。

---

[1] 罗克福克党(Locofocos):是纽约市民主党的一个激进派,成立于1835年,延续到1840年代中期左右。

科弗特差点难以疏解开他们愤怒的争论,所以他开始谈起本次聚会的目的。也就是,动员大家去展开一些能够增加他在两派政党中露脸儿机会的行动。虽然现在还是有一些人不大满意,不过他仍有希望在双方的阵营里都获得可观的票数。

我不想继续待下去了,就去问科弗特是否还需要我为他做些什么。他从口袋里拿出一封油腻腻的信,信上满是折痕,仿佛写信人努力不想把它折好,科弗特说他现在很忙,所以假如我能替他回复,那么他将不胜感激——他不介意用什么方法解决这件事,不过他希望不要触怒这位写信者,他的朋友。

"你知道的,"他说,"所有的投票都要算在内的,不管是反对我的,还是支持的。"

第二天早上,我非常愉悦地给那位在信笺末尾签上他名字的先生,回复了一封短信。虽然一开始我出于厌恶,想立刻拒绝这个请求,但转念一想,不如把它当成一个不错的笑话来参与一下。

先什(生)[1]:——亲(请)你原谅,我呆(代)表先(选)民委员会,冒美(昧)地洗(写)下这几行字,向你寻(询)问几个问提(题),因为你是后(候)选人,所以次(此)事关乎下次竞寻(选);也就是说,问提(题)如下:

你对街道扫地鸡(机)器是什么看发(法)?

---

[1] 杰克·恩格尔文化水平不高,所以书信中有很多简化的口语表达或书写错误,译者在翻译时也做了适当处理。

你是否元(愿)意将清洁工的工资提升到一天十个先令?

你是否会提议供给清洁工五尝(无偿)的新扫帚,不用他们掏钱?

你是否赞同清洁工在雨天不用到泥地里扫地,但不会口(扣)除工资?因为那对他们的见(健)康来说,实在是太为(危)险了。

先什(生),很多你的先(选)民极其关心这些至关重要的议提(题)。

请你则(择)日来回复我们你的一(意)见。

(代)呆表委员会,

深深的之(致)敬。

巴尼·福克斯。"

第十章
不可预知

又是几个月过去了,经过了秋天,又到了冬天,在这段时间没有发生什么特别的事情,所以没有什么细节,值得写在这篇讲述我人生和冒险的纪实故事里。

无论是否是因为我在给巴尼·福克斯回信时还带着一种发自内心的不满,或者其他什么原因,反正科弗特落选了。就在正式竞选之前的一两天,爆发了那种被报纸上称作民众情绪的剧变。

现在他已经被彻底淘汰了,代替他的以撒克·里奇议员现在风光无限,而市议员赖伊则整天度日于惶惶之中。至于福克斯先生,他表现出的政治嗅觉,竟然比我预估的还要好。他突然发现,原来,他一直都是隶属于胜出的那一派政党的劳工和热情的拥护者,并且,无论是源于那个"委员会代表"的头衔所赋予他的力量,还是他被令人兴奋的竞选斗争所鼓舞。总之,作为一个拥有广大选举权群体的代表,他做了身为共和政府中的一名成员所应该做的事儿,那就是不落下任何利用他们的机会。巴尼·福克斯先生,一条精明狡猾的狗,在别人都不知道的情况下,冷静地筹划过一个绝妙的小小的双面契约,以满口公众的名义从中为自己渔利!

现在巴尼先生从这样的世界中拿到的就不只是十美金了,他之所以能实现他的契约,部分是因为他天生的厚颜无耻,部分是因为运气。不过自从好运降临，巴尼也交上了不少朋友，现在他对街道清扫的态度里，再也没有表现出半点儿对"扫地鸡器"的兴趣，因为那种机器有可能会妨碍清洁工的行动。就在他升职的那几个月之间，他买下了位于霍博肯[1]的一大块地，还有一座整洁、舒服的二层小楼，就算福克斯太太和小福克斯们——现在已经增加到八个人——全都住进去以后，上面一层还能多空出两间房子，用来在夏天的时候租给那些要求通风环境好的租客。

"我也有成为快乐女人的这天，"当巴尼的老婆从后面的房间搬走的时候，她对伊内兹说，"如果不是因为要离开你，如果不是因为你就像我自己的孩子，我很可能一点儿也不难受。"

"南希，亲爱的，你是个好人，别说那种话。难道渡口不是很方便吗，难道今年夏天，我不能去把你那两间房子租下来，做我甜蜜的小家吗？这样咱们不就又住在一起了？"

伊内兹的这番话显然比任何事物都能安慰这位好心的、忠厚的爱尔兰女人。她离开了，后面跟着一队年幼且懵懂无知的孩子，他们全都像是被一大堆肥皂水清洗过一样干净、整洁，从他们的衣服，到他们的身体。南希是这个世界上最纯洁，也是最美丽的女人，伊内兹对她，就像我之前提到的，如同一个女儿爱母亲般爱着她。在队伍出发之前，她给了每个小福克斯一个衷心的吻和一份礼物。

---

[1] 霍博肯（Hoboken）：美国新泽西州的城市，属于纽约都会区的一部分。

伊内兹向我描述了当时的场景，就在同一天晚上，我去拜访她的时候，尽管是为了自己，但我还是找了个理由，说一个曾经见过她在舞台上跳舞的男孩儿，强烈地渴望能够认识她，所以我特来征求她的同意。这是一个滑稽的怪理由，但是无论如何吧，这都是因为伊内兹通常只会在有人陪伴的情况下才接受我的拜访。虽然认识和交往已经几个月时间了，可这差不多还是我们第一次单独见面，如果没有史麦斯的陪伴，或者在南希因为牵挂她的孩子而离开之后，她就会以一些微不足道的小事做借口，刻意缩短我们单独相处的时间，或者她干脆直接说：

"现在，这儿有个好男孩儿，但是他不能再继续留在这里了，因为我想一个人待着。不过不是冒犯，只是我想让你走了。"

这很冷酷，但是她的态度是如此真诚友好，所以对此真的没有办法拒绝。

但是这天晚上我更幸运一些。因为正逢西班牙女郎的好心情，所以我向她描述了我早年的流浪生活，结果是，我们很快在交流中发现，倘若加以比较的话，我和她在某些方面也并非是完全不相似的。

"你的命运真是挺奇特的，"然后跳舞女孩儿问，"你不知道谁是你的父母吗？"

"我是有一个奇特的命运，好或者不好，无论它是什么样儿的。"我回答。

伊内兹给了我充满同情的一瞥。

"除非老威格尔斯沃思打算告诉我所有的事情，"我继续说道，并且笑了，"他有天曾给过我一个暗示，看样子是要告诉我一个可怕的秘密。可怜的老人家！——你是知道他的，对吧？"

"那个身材矮小的、掉了牙的老人，经常在办公室的角落里抄写东西的那位？"

"正是威格尔斯沃思先生，一位沉迷白兰地与杜松子酒多年的绅士，因为这两种酒是最容易见效的。最近，在卡尔文·佩特森先生的影响下，佩特森先生，就是那位青年——也是我正打算告诉你的，特别想要认识你的那个男孩儿——的父亲，就在他的劝说下，可怜的威格尔斯沃思已经变成了一位卫理公会派教徒[1]，而且是最忠心耿耿的那种——真心实意地皈依并且自认罪孽深重，除非等到末日审判否则就不能获救。"

"可怜的人，"伊内兹说，"不要取笑他。毫无疑问他比我们所有人都要好。"

"无疑是的，我也这么认为，我美丽的伊内兹，但是我们既不老，牙齿也还健全，在这个世界上，还有大把快活如天堂般的时光，这比这世界上任何其他事情都更吸引我。"

我那种别有意味地看着她的眼神，为我赢得了一记耳光。这个跳舞女孩儿，虽然涨红了脸，但是却仍然笑着，走到桌子的另一边坐了下来。

---

[1] 卫理公会派（Methodist）：是新教派别之一，英国的约翰·卫斯理（John Wesley, 1703 - 1791) 创立。

那个晚上我确确实实地感受到了，在我身上的那个狡猾的魔鬼的第一次冲动，而且假如我还继续坚持学习法律的话，它可能会趁机再度出现。我主动地把话题再次转移到了我早年的生活上；因为这个话题可以让我和伊内兹因为真正的同情，而引发联系。我发现她对我那结结巴巴、语速急切地讲述很感兴趣，正是这强烈的兴趣以及同情，让她的脸色变得越来越红润。我想，如果说在那之前她看起来还算正常的话，那么她现在看起来简直令人着迷。我的血液像赛马一样奔涌在我年轻的血脉中。

时间在流逝，不知道从什么时候起，我们更加放松了，彼此都说了很多话，并且都对我们自己那种自我关注的心理很感兴趣，简直想把所有的故事，都用这一个晚上讲完。伊内兹也说起了她自己的童年，不过她的幸运之处在于，她有父母。但是，这种幸运并没有持续多久，他们在她还非常小的时候就都死了，接下来是她人生中最为艰苦的一段时光。那真的是充满了太多的障碍，以及只有凭借侥幸，才有可能逃脱的危险陷阱。她极为坦率地讲述着她的人生，那流畅而动情的叙述令她显得格外地动人。

不知道从什么时候开始，但当我们意识到的时候，我们又再一次坐得离彼此很近了，我的手裹住了她的肩膀，一股电流般的震颤席卷了我全身。现在的伊内兹变得更加温柔，我的耳朵也逃过了一次劫难。

是的，我们的童年经历并不一样。我的声音变得更加低沉，因为坐在我身边的伊内兹已经近到足够听清楚它们。我说起我那些日子的徘徊、渴望和忧伤。我可怜的朋友比尔吉格斯是不会被忘记的，他那鲁莽的勇气和忘我的品质，以及他如何保护我的那些故事，将心地宽容的西班牙姑娘深深迷住了。

　　我当然也说到了以法莲·福斯特，和好心的薇奥莱特。他们，比所有人都更重要，但仍然屈居于伊内兹的心意之下，我感到我的手臂上产生了一种压力，是一种对我动人的诉说，报以回应的压力，我确定这是种回应，是那种因为我给予了温柔而反馈的，那种我唤起的祝福所得到的回应。我的诉说变得越来越温柔，回忆着跳舞女孩儿，她很长一段时间不说一句话，我说起她给我的第一个印象，当我看到她站在科弗特的办公室里的时候，当那只狗在她的裙子上印上泥巴爪印的时候。我巨细无遗地描述着我们愉快的初识，我的声音仍然低沉轻柔，我说我们已经感受到彼此的心跳，它们来自两个年轻的、旺盛的和充满爱的生命，我印下了一个灼热的吻，在她的嘴唇上。

第十一章
我的名字

威格尔斯沃思确乎是有点痴呆了。

"你是怎么知道你叫杰克·恩格尔的？当然，名字没问题，当然——当，当然，但是你从来没有问过别人，问过谁吗？"

"谁能知道啊？可能我知道；可能科弗特知道；可能以法莲·福斯特知道。"

威格尔斯沃思就是有一些这样的精明之处，会时不时地突然觉醒，特别是当只有我们俩在办公室里的时候。自从他皈依了卫理公会之后，这位老人就彻底滴酒不沾了，但结果是，没有了这习惯性的支撑了他五十多年的东西，他平常就显得精神低迷。现在的状态更是比以往任何时候都更加低迷，而且，我听从以法莲的提醒，曾建议他放开一点，适度地喝点酒。但是现在已经太晚了，威格尔斯沃思的一只脚已经踏进了坟墓，我们认为，彻底戒酒这件事，对他与其说是好还不如说是更坏，如果多年前他就能开始戒酒的话，那么无疑现在会是个更加健康和快乐的人。

至于这个出现在这里的名字，我所知道的全部——就是以法莲与薇奥莱特告诉我的那些，并且它们也符合我自己的回忆。

我确实自称杰克·恩格尔，并且记得很久以前，有为数不多的几个人曾使用它来称呼我，比我使用"我"的次数还要多。我和薇奥莱特相遇的那天，在她严肃地盘问下，我所说的就是这个名字。还有一点就是，那天早上，当我挂着一身破布条，站在好心的牛奶商门前的时候，我的一只耳朵上穿着一只耳环，直径有三分之一英寸，我从来不知道它是什么时候被穿上的，而在我开始记事之前，它就已经挂在那里了。它是一枚普通的圆形耳环，不过比较特别的是，在耳环下方四分之一的部分，一个有点厚度的方条形的小棍儿横穿了过去，我不晓得它是怎样陪我度过了所有流浪的时光。也许我的好运气要归功于这个耳环，因为它既陈旧又肮脏，看起来甚至不比黄铜更加值钱。

在我被他们收养后不久，经过薇奥莱特的检查，证明了这个耳环是黄金做的。而那块小方条的分量是其他部分的两倍，当这两个部分被拆分开以后，一切就被看得更加清楚了，在之前被遮蔽起来的部分上，有"杰克·恩格尔"这几个字。这一发现如此之确凿，证明了我当时虽然年幼无知但并非没有来历，不过，这一发现让以法莲和薇奥莱特就此打消了让我继承他们姓氏的念头。他们有一种宗教诚信的顾虑，认为自己没有权利对这个名字进行任何改动。因为谁能知道，这是不是我受洗时的那个名字呢？

在此之后的那一年发生了一件事，尽管可能不是非常重要，但我也想在这里提一下，因为关于我究竟是谁，我从哪里来，这也是为数不多的线索之一。

我们虔诚的朋友，曾被偶然提及的那位，卡尔文·佩特森先生，常常以收留寄宿者的方式，竭力维持微薄的生活。卡尔文毫无疑问是个非常虔诚的人，可他的寓所却真的不是一个好的选择。

他的一位借宿者——大概就是在第二章所描述的事情发生之后的两年,——一个中年男人,在佩特森那儿住了大概几周的时间,他很快就会离开,这段时间主要是在等一艘开往南美港口的轮船。除了去南美寻求更好的活路这个打算以外,他只讲过一点点他自己的事情,并且,短期之内他不会再返回。

有一次,在我和汤姆·佩特森,一个和我一般大的小男孩儿一起玩耍的时候,他听到了汤姆喊我的全名,便下楼来到走廊里。我记得他在那里站了很久,非常严肃地盯着我,以至于我不得不注意到他,这甚至还招致了我的一种孩子气的愤怒。

第二天早上,他就过来找以法莲,向他询问我,还将我拉在他身边,像昨天那样深沉严肃地看着我,问以法莲我是怎么到这儿来的。以法莲向他讲述了两年前发生的,以及当时我跟他讲过的那些事情。

而那个人,他说他比我自己还要更加了解我,他还说这个一直伴随着我的名字是正确的。他吻了吻我的脸颊,眼睛里噙着两颗大大的泪珠。他一遍又一遍地感谢上帝,感谢我能受到这样好的保护。他把手举到我的头顶,热切地祈求着庇佑——他是一个虔诚的男人,正如后来佩特森告诉薇奥莱特的那样——并且,他告诉以法莲说,将来的某一天,只要自己一从国外回来,他会收到消息的,说完这些话之后,我们的客人就离开了。

但是关于我的名字的麻烦,还有对于我父母亲的疑问,也只是引出了我和以法莲一丝轻微的忧虑。也就是说，这个流浪的小孩并没有被弃之不顾，不管不问二十年，除了被陌生人照料以外。所以接下来的情节似乎会这样发展，某天，突然有一个重要的故事浮出水面，然后赋予主人公本人和他的命运一种浪漫的色彩。但是，我不会愚蠢到做这种猜想。

当我想到这一切，尽管这样的念头也不经常发生，其实一直以来并没有什么清楚明确的东西能证明我的身家，真要追溯到底的话，也绝不会出现那种浪漫的情节，更为可能的情况是，我出身于社会的底层阶级，而我的父母，毫无疑问地，在后来的这些故事发生之前，就已经死了。

鬼使神差一般，现在大家似乎都参与到了这个话题中来。因为除了可怜的疯老头威格尔斯沃思的嘀嘀咕咕以外，律师科弗特也派人请来了以法莲，然后，在假装对我有兴趣的借口之下，花了几分钟时间探听那些读者们已经知道了的故事细节。他甚至让以法莲坐下来，再次让他仔仔细细地重复一遍。某天早上当我吃早餐的时候——又听到了那段关于长方形的小金块——以及陌生人和他来访的历史。

大概，科弗特先生的心思十分积极活跃，喜欢在无事可做的时候，编造一些关于我的稀奇的故事。在那之后，当我因为厌倦，经常地，在内心诅咒整个法律学科，以及所有这些附件和不动产问题，然后从桌子上抬头转换视野的时候，就会发现科弗特先生正在牢牢地盯着我，带着一种在我看来已经非常明显的好奇的神色。

　　不过在那段时间里,我并没有太在意这些,以及其他的几件事情,包括他对我的那些奇怪的举动。这些都是因为之后发生的一些事情,让我才重新想到了它们。那么,我们现在就来讲一讲接下来发生的故事。

第十二章
复活集会

这个世界曾经为太多宗教狂热者的形象而着迷——卫理公会教徒，长老会[1]教徒，罗马天主教徒等等；他们的形象被描绘在各种戏剧，小说和诗歌里。但是这些形象大多都有一个错误之处，那就是他们的热情并不真诚。当然，在现实世界里，信徒们的宗教热情一直是真诚的。此外，他或者她简直就像是一个人类的范例，一个兼具善和恶的复合体。就宗教信仰的热情而言，那不一定是坏事，而是正好相反。不过当一个人的热情没有完全改变他的其他主要性格特征时，他仍然会显露并且保持着自己本来的模样。

卡尔文·佩特森也不是这条普遍法则的例外。他天生就有极为强大的精神特质。他既十分果决又非常刚毅，可以说得上是以野蛮的忍耐力，去承受他宗教信仰的任何痛苦的或是伤害性的结果。或者再明确点，那种因信仰而生的小小困苦，他是欣然接受的；而忍受小烦恼其实比忍受大痛苦更难。但是，卡尔文没有那类柔软的情感，或者即便他有，也是以一种生硬和沉重的方式表达出来的。他对家庭深沉的感情就表现为，对他们永恒福祉的

---

[1] 长老会（Presbyterians）：是基督教新教的一派，其源头从十六世纪西欧的宗教改革运动开始。

关注要多于对他们现世幸福的关心，而他们也会时常感觉到这种偏心。

但假如因此就否认了这个男人的强烈愿望，也就是希望他所关心的人能拥有最伟大和最持久的好处，那也是很不公平的。因为在他看来，事情真的就是这么简单。所以单纯地从正直和诚实方面来看的话，卡尔文就像一个天真无邪的孩子。

他的儿子汤姆，我的朋友，深深地爱着他的父亲，但那种爱不是因为长期亲密的互动，和有意识的维护而培养起来并逐渐加深的，那是父子之间通常自然而然会有的。汤姆认为他的父亲太过死板，而父母则认为年轻人太散漫和不守规矩。有时候他们会爆发特别激烈的争执，甚至，汤姆偶尔会对父亲产生差不多是厌恶的感觉。

当我和汤姆还是十足的男孩儿的时候，我们还经常会去参加卫理公会的集会。在那里，卡尔文·佩特森可是个耀眼的人物，我曾经看到他发表非常壮观、引人瞩目的演讲。毫无疑问，他有一种相当纯粹的虔诚。

纽约复活集会！是其中令我印象多么深刻的一个！

那是一个秋天惬意的晚上，既不冷也不热。教堂里有一部分的窗户是开着的，因为里面实在是太过拥挤。拥挤！这是由于在每一个座位和可以站立的空间，甚至楼梯和角落里，都充斥着、塞挤着密密麻麻的人。

当你要进入房间的时候，一个在里面握着门把手的人会犀利地打量你,从头到脚,你能感觉到门被打开的时候,他所承受到的人群的压力,所以他的表现是告诉你,在这种情况下,没有人能那么快地给你一个庄严且满意的注目。不过他或许会给你一个提示,向你指出距离圣坛最近的某个地方,在那边拥挤的人群之中,也许你可以找到一个坐的位置。

"降临吧,噢,主啊!噢,降临在这个夜晚,降临到此处,噢,上帝!"

当我高举着双手,头向上仰望时,看见了卡尔文·佩特森,汗水渍湿了他的脸,刚才我听到的那句就是他的声音。

"现在,兄弟们,让我们共同祈祷。"

然后还是卡尔文在祈祷的声音。那是情感强烈的、演说家式的、对造物者的激昂澎湃的恳求,他以一种诚挚但却相似的方式,一次又一次地请求上帝,降临到他们这些膜拜者之间。卡尔文的祈祷并不是没有感情的。他为一切,为他的孩子,(汤姆虽然和我在一起,但是他却没有被这种恩泽所触动,)为邪恶的、贫困的、被忽视的人等等所有一切而祈祷。最为重要的是,尽管他所求的,是一些模糊不清的事情,但其中最紧要的就是,希望上帝将人改造成他们应该成为的样子。

"让火焰来触动我们的心灵,噢,上帝!粉碎背叛者的逸言,让我们看看在没有你的时候,我们变得多么邪恶、无助、没遮没拦的卑鄙。噢,把你的圣灵降临到这里来,常驻在我们中间吧。你的灵是我们最需要的,有了它,我们就有了一切。"等等诸如此类。

在祈祷的最后阶段，卡尔文激烈地扭动着，头上冒着热气，全身心地沉浸其中。其他在圣坛上，以及围绕着圣坛的人，也都像风中的树一样摆动着身体。而当卡尔文在祈祷的时候，他们会不时地发出一些"阿门"和强烈的呻吟点缀其中。纵然，所有这些祷告词都是非正式的，没有经过文学化的润色和提炼，但它们流露着虔诚——所以是如此鲜活和坦率，因为那是出自心底的赤诚。为什么我们就不能把它们视作一种很有感染力的、对信仰的鉴证，与那些被打磨过的、优雅的祷告词一视同仁呢？

圣坛的前面被一排形状如新月般的栏杆围着，栏杆的下面有一个宽阔的阶梯，上面铺着垫子，一直延伸到房间的尽头。

很多年轻的女孩儿和妇女跪在这层阶梯上，一个紧挨着一个，她们的脸埋在双手之中，其中有一些人在剧烈地抽泣。偶尔会有一个男人也跪在中间，低下身来向她们询问，当然，他是不会得到任何具体的答案的。

"为她们而祈祷，兄弟们，噢，为她们祈祷吧！"卡尔文说，他指着这些女孩儿，还有众多跪着、蹲伏着的男人和男孩儿，其中还有一些人平摊在地板上，他们都尽可能地围绕在圣坛附近。

卡尔文会不时地从圣坛上走下来，走到他们中间，在这儿或者那儿，停下来和人们交谈。

一旦，比如说将要开始唱赞美歌的时候，佩特森先生就会带着一股强大的冲动之情大声说：

"让所有爱着上帝的人，从他们的座位中起身。"

这时会有一个停顿，然后有一个悲伤的声音，只有那么一个人，一个苍白的、神色羞愧的年轻人，他是裁缝的学徒，应和着卡尔文的呼吁。

然后他们开始唱歌，这是整个礼拜中最美好的部分。因为他们的歌声里充满了心愿；我最喜欢这不羁的风格了，它们形成了一种在美国常见的近乎古怪的乐调。但当这乐调通过人声唱出来的时候，它却表现出了一种强大的魅力——是目前为止任何乐器，都不可能产生的效果！

我可以一直听他们唱上一整晚。其中有一首歌，非常特别，描述的是灵魂的两面之间的斗争，一面趋向宗教的信仰，一面趋向世俗的快乐。

哦，来吧我的灵魂，让我们一起
在黑夜的漫游中，成为祢
但无论你选择去哪里，我们都会跟随
哦，去各各他[1]或者客西马尼[2]

---

[1] 各各他（Calvary）：又称骷髅地，相传为耶稣的受难地。
[2] 客西马尼（Gethsemane）：又称蒙难地，相传为耶稣被犹大出卖被捕的地方。

> 但是各各他是一座很高的山,
> "登上它对我来说实在太难,
> 我还听说那条路上有狮子,
> 它们潜伏在去客西马尼的路边。"

这是曾经信徒们在举行古老的野营集会时所流行的歌曲,紧接着这两段开放性的诗节之后所展开的那些情节,甚至可以与约翰·班扬[1]的杰作相媲美,它们呈现出了在身体之情欲和履行天职的责任之间混斗的矛盾的心灵。这些富有力量的歌曲,也许是粗俗的,但其中的寓言却能捕捉到人类最本质的情感,所以就我个人而言,还是非常喜爱它们的。

在唱歌的时候,所有参与的人都如此投入,会让人想到这就是所谓听觉的教化。它们本身很可能是很不协调的,但是它们出现在这样的集会中时,却不会令人反感。我保证一点儿也不会,反而那些被调教过的、有一定音乐品味的人,会从这些新鲜的、古怪离奇的乐调和赞美诗中,听出一种意想不到的魅力。

在晚上的这一个小时之后,也是所有人的体力消耗得差不多的时候,我所描述的这样一个复活集会就结束了,而它,净化了人们的归家之路。

据我的回忆来看,这样的复活集会,是汤姆·佩特森和我,

---

[1] 约翰·班扬(John Bunyan, 1628 - 1688):英国著名作家,著有带有宗教性质的经典作品《天路历程》。

在我们大约十五岁和十六岁年纪，常在星期天的晚上去参加的，偶尔也会在周内的某一天去。它们大多和今天的情景相似。但当我们逐渐长大，我和汤姆对于去参加这样的集会，就都有了些微妙的想法。对汤姆来说，一个很实在的想法就是，他的父亲没有从领导集会的事儿上，大大增加他自己的尊严。

而那次他已经先行从集会上返回了——我自己出来的比较晚，在一种完全不同的情绪中——然后我遇见了威格尔斯沃思。老人家还处在高度兴奋的状态中，这应该归功于刚才的宗教狂热对他彻底地感染。

"杰克，"他说，同时拉起我的手，然后以非常认真的口吻，急急忙忙地对我说道，"我有一些很重要的话要对你讲。"

"我亲爱的老朋友，"我回答，"所有的证明都是没用的，恐怕我也将会被证明是个多年的罪人。"

"不，不，"他叫起来，仍然是一种令人印象深刻的样子，"不是那类事情。这确实是关于罪行的，确定无疑，但是是关于科弗特的。噢，杰克！我将要向你揭露那个男人对你犯下的最卑鄙的罪行——最卑鄙的——"

"但是，威格尔斯沃思，我不是科弗特的监护人。这些事情和我没关系。"

"啊！你又错了，"老人叫道；"它们和你有重大关系，它们关系到一个天真的、被委屈了的孤儿，本来那个恶棍在他的家里，地位也比仆人好不了一点儿。它们关系着你的出生和命运。

噢！它们关系很多事情。"

"老人家，"我说道，现在我自己也有些兴奋，"你一定是不清醒了。"

"我不怪你这样看我，"他回答道，"我承认事情是有点奇怪。但是你且听我说，明天来我的小木屋，和我聊一聊——让我想想——明天晚上以后，你会改变你的想法的。"

为了安抚他并且让他早点回家，同时我也怀着一种将会了解到令我感兴趣的事情的希望，给了他一个确定的允诺。威格尔斯沃思要我再次保证，然后他就走上了回家的路，再也没有多说一个字。

第十三章
拜访

汤姆·佩特森是那种我所知道的最聪明的、最好的、最有男子气概的伙伴，我从心里视他为真正的朋友，会常常和他碰面的那种。所有能让我以一种非常孩子气的感情，去崇拜的那些英雄气质，汤姆都具备，就像之前的比尔吉格斯一样。再加上，他还从学校那里接受了不少好的教育，和同学们打成一片，又像在纽约这样的大城市里常见的那种人一样见多识广，但最为重要的是，他有一颗温暖而慷慨的心，以及一种乐于享受生活的个性。他性情开朗活泼，当他笑的时候，会张开嘴，露出健康洁白的牙齿，而那种如音乐一样的笑声，可是你从小提琴或钢琴那里听不到的。当他会心一笑的时候，会自然地令你想到阳光，或者诸如此类的事物。

并且，汤姆还是个帅气的家伙，曾经，当我们在一群女孩儿中间时，他常常会因为我显得太镇定，而故意让我出点儿小丑。不过他的所作所为都是善意的，不带一点儿自负和贪婪，而且他还是那种就算生气，也不会持续太久的人。所有我的那种男孩儿的自信和麻烦，还有报复心，甚至思考的方式，汤姆·佩特森都很了解——我想我还没有介绍过他。他曾经救过我一命，就在我学游泳的时候。我就像个新兵那样保证说，一旦落入深水中，我就一定能凭着求生本能游到岸边,然后就从船上直接跳了下去,像个傻瓜一样,结果就是,我发现我怎么都不可能游到岸边了。所以如果没有汤姆的及时援助,那现在就不可能有这个供人娱乐的故事了。我们之间从来没有争吵,也没有打过架,这在男孩儿之间可是不常见的。当然,就这一点来说,我的朋友比我要可靠得多。当我表现出任何生气或者发脾气的苗头的时候,他就会知趣地沉默,并且保持和善。而且他虽然温和,却和懦弱没有一点关系,他能一贯保持和平与善意的意愿,是因为他天性如此,不过一旦需要,他也会像狮子一样凶猛。

上帝爱你,汤姆·佩特森,无论你今天身在何处!在我的记忆中,你从来就没有真正恨过他对你所做的那些事。

笨蛋卡尔文!还在为他罪孽深重的儿子哀号,或者絮絮叨叨地抱怨。如果一个男人不能为有这样一个儿子感到骄傲的话,那么他一定是个非常难以取悦的人。汤姆是罪恶的?为什么他感受不到汤姆的热血,就在那有着宽阔胸膛的身体之中!

但这不是卡尔文,不是一个作为父亲的人所想的。特别是当他得知汤姆和一位女士的亲密行为后,感到非常吃惊,他不知道这位女士的名字,但他相信她有不好的本性,这位无比痛心和难过的老人告诉我说,他的儿子是仅次于恶魔撒旦的第二个大坏人。这位警惕的父亲找到了我,因为他知道我和汤姆关系很密切,希望我能对汤姆施加影响。他把我叫出来,并且告诉我他的儿子有时候整晚都不回家,而其实他的儿子就待在离家不远的地方,被一个年老的犹太女人和她的女儿缠着,在她们豪华、诱人的赌博厅里消磨时间,那个地方就在市中心,装修得十分精美。

我真心为卡尔文感到难过,但是我也不能保证我会插手这件事,最好是给汤姆一个解释这件事情的机会,如果他觉得这样合适的话。同时,我安抚着悲伤的老人,提醒他事情一定不是他想的那样。汤姆并不堕落,我们都了解这一点,而且他也有他的自由,去尝试放松自我或者做一些粗俗事情。

"你曾经和他谈过这些事情吗?"我问卡尔文。

"没有,一个字都没说过,我不忍心。"

这在我看来真的是很遗憾,不过我知道,从汤姆之前告诉我的种种事情来看,这父子两人在看待事情的角度上有着巨大的差异,所以我克制着自己不去提更多建议。

就在那天晚上,我就像办我自己的事情一样,专程去找了汤姆,然后一起在不远处的一个公园里散步。

我以一种疑虑的口吻打开了这个话题,并且告诉这位年轻人,他的父亲十分担心他。他非常诚实和坦率地回答了我,而且,据我猜想,那些钻到卡尔文耳朵里的谣言是无事生非而已。因为就在我告诉他,他的父亲因为他承受了巨大的悲痛的时候,他几乎要哭了出来。

"随我来吧,大约半个小时,"汤姆说,"然后我会告诉你所发生的一切。"

我们走上大街,大约走了有一英里,然后拐了一个弯儿,最后汤姆在一个看起来很朴素但是很优雅的房子前站住了,他拉响了门铃,然后得到了应答。

"汤姆·佩特森和他的朋友,"他对带着询问眼光的仆人说,这个仆人随后请我们在大厅一侧的空位子上坐着,看样子是我们要等什么。仆人立刻就消失了,大概一两分钟之后他又出现了,然后说,"女士们希望你们上楼。"

我们走上楼梯之后,我看到了一间摆满华丽家具的会客厅,铺着非常精美的绒毯的沙发,以及同样精美的躺椅和煤气灯;墙上装饰着几幅画作,房间的角落里,还安放着两到三个身体丰腴、姿态优美的雕塑。

一个人在沙发那边,而另一个在躺椅那边,谁来保佑我的眼睛!那是塞利格尼夫人和她那美到令人眩晕的、黑眼睛的丽贝卡!

"我们来坐一会儿,"对她们礼貌的邀请,汤姆回答道,"但是只有一小会儿,因为我们不能久留。"

"那可太遗憾了,"丽贝卡说,并向汤姆投去了显然充满爱意的一瞥,"因为今晚我们这里没有别人。至少,你走了之后,谁我们也不会在乎。"

"毫无疑问我们成了值钱的宝贝,"汤姆笑着说,"看着表吧,我们在这里不会超过十五分钟。"

塞利格尼夫人说起了科弗特,她虽然在极力称赞他,但我却听出话中夹带着讥讽。她坦率地表达了她的观点——科弗特可以说是华尔街上最了不起的恶棍，至少是这条街区的。丽贝卡打断了她母亲制造的效应，显然她是想到了，她的母亲是要把英语可能表达的极限发挥出来，去评价科弗特。

"不要羞辱他，"汤姆也加入了谈话，"因为我的朋友会为了保卫他微薄的薪水和你们开战的。"我否认了这种意图，并且强烈地保证我不会那样，然后汤姆又说：

"丽贝卡的行为就像个真正的女人。她是打算追求这个老男人，而他对她来说太过狡猾了。"

我们都被这个俏皮话逗笑了，年轻的犹太小姐自己也是。

"你又错了，"她说，"你把马鞍放在了错的马身上。"

"那么现在告诉我真相，难道你没有至少一周去一次华尔街，想要去迷住那个无辜的老人？难道你没有诱惑他，几乎就在这间屋子里？天知道你到底在这儿对他做了什么！"

丽贝卡大笑一通。

"你会说什么呢，"她叫道，"如果你知道不到一个小时之前，那位可敬的绅士就是在这里，我们此时所在的地方——"

"啊！难道我不是这样说的？"

"就在这间房间，向我求爱！求爱，我告诉你吧。"

"那么你接受他了吗？"

"拜托，汤姆，你太坏了。"

"好，告诉我你是怎么答复科弗特的，如果那是真的，那我就完了。"

丽贝卡淘气地笑着。"说真的,"她说,"他没有从我嘴里得到一个字。我瞟了他一眼,踢翻了一个脚凳,径直穿过房间,然后把门'嘭'的一声关上了——就这样。"

然后她站起来,装作生气的样子,皱着眉头,给了汤姆的小腿有力的一踢,然后庄严地踱步,制造出一种戏剧化的严肃的氛围,就像一个悲剧中的皇后,并且赋予了那扇她用来庆祝自己摆脱律师的门,以同样的效果。

当汤姆和我离开这个地方,向家里走去的时候——那晚是我们最后一次见到年轻的犹太小姐——他向我讲述了一切。我的朋友二十一年来不是完全住在这个城市里,凭着一双灵活的双腿和一对非常锐利的眼睛,他逐渐长大,成为一个完美的约瑟,不再留存那种乡村田园里培养出来的天真无知。他长成了一个被所有认识他的人所喜欢的人,而他也看着城市不断地变化,不仅仅是住在这里的人,还有城市里的一切。

塞利格尼夫人之家其实比时髦的赌博厅差不了多少。汤姆告诉我,如果我能在那里待到午夜,我会发现,就在楼下,那套配置了上等家具和明亮的灯火、装修豪华的房间,是为了各种类型的高雅的赌博所用的。会有很多人拜访这里,各种各样的。而且无一例外的,都是为了同一个心照不宣的目的,就是要来一睹斯莱格尼夫人的风韵,或者,按照她常被人所称呼的,是尊贵的塞利格尼夫人的名声,以及高雅的客房服务。这不比赌博更坏，甚至就某些类似的因素来说，也没有比赌博更加的复杂和不公正。

夫人一直声称自己是法国贵族移民的孀妇，但是她和一个老犹太女商人差不了多少。丽贝卡在这所房子里绝不是毫无吸引力的，虽然，除了一直由她来负责筹备的晚饭时间以外，她几乎不和来访者说话。

就在最近一次汤姆和朋友偶然的拜访中，年轻的犹太小姐突然关心起他的幸福。她以一种特殊的方式向他传递了她的感受，而在这番交流之后，他立刻打包好行李，并乘坐早上第一艘船离开的事，那可绝对不是汤姆·佩特森先生能做得出来的。

对于赌博这类事情的精神实质，汤姆是完全无知的。一个原因是，他没有钱；另一个原因是，像他这种以大城市的人和事为教材的学生们，还没有学会离开了城市优势之后的课程。所以汤姆自断了他的犬牙，尽管，他也不会像他父亲那样为宗教的表演而献身。

那些佩特森先生谴责汤姆任意挥霍的夜晚，也变得越来越少，并且汤姆向我保证他不会忽视他的正事，在过去的三个月里，他没有喝一杯酒。此外，在他如今对我所说的这些话之外，没有浮现出任何一根救命的稻草。

"至于丽贝卡，"他有些激动地说，"当然我对她不会没有感觉，但你也不必就此认为我爱上了她，至少现在没有。我爱上的女人必须是——但是不必介意这个。天已经很晚了,我们现在能做的最好的事情就是赶快回家,回到自己那张贞洁的床上吧。"

第十四章
一封书信

/ 我的生活与冒险 /

　　时间的齿轮转动得多么快啊！夏天就要结束了，正如我之前提过的，当我依照约定去看威格尔斯沃思的时候，我在科弗特的办公室里已经学习了两年了，而后面的时光过得相对好一些。我已经过了二十一岁[1]的关卡，所以同时，我也已经是一个合法的成年人了。薇奥莱特，有着美好灵魂的薇奥莱特，为了庆祝这件大事，筹备了一次丰盛的晚宴，邀请了汤姆·佩特森，还有七八个和我要好的朋友；你可以肯定我不会落下威格尔斯沃思——尽管他现在已经十分的虚弱，也不会忘记正在不断进步着的纳撒尼尔，当然还有杰克。威格尔斯沃思，我可怜的朋友，一直坚持着对自己的罪恶的忏悔，但是在我们的劝说下，他还是出席了晚宴，并且度过了一段愉快的时光。

　　我最近见伊内兹的次数比平时要少，因为她已经长期住在福克斯夫人在霍博肯的乡间小楼里了，她在那儿占据了一半的房间。因为那里有一个花园，还有那些招她喜欢的南希的孩子们陪

---

[1] 在美国虽然18岁是法定成人的年龄，但是21岁却被认为是真正成人的年龄，因为美国有很多限制性的法令，比如抽烟、喝酒、赌博等，都是针对21岁以下的青年有一定程度的限制。所以，在美国21岁是青年们最值得庆祝的生日，因为从这一天开始他们就拥有了很多成人的自由。

伴，她过得十分快活。我仍然会时不时地抽出时间去看望她。我一般是在星期天比较有空暇，所以每个星期天下午无论什么时候回去，我都会给薇奥莱特带回一大束花，但是却不告诉她是打哪儿来的。以法莲为此编造了不少的笑话，却没有人比他自己笑得更加开怀。

我的好父母，所有的这一切，在幸福的欢聚中是那么适切。我们既不贫穷也不是大富，尽管以法莲发现确实有必要扩展他的商业规模了，旧的牛奶仓库现在已经变成了一个相当宽阔的牛奶供应站和食品杂货店，生意一直很好，也为我们带来了相当可观的收入。薇奥莱特还是在店里帮她丈夫的忙，就像她一贯的那样，她说，她永远也不会，在全身心投入激动人心的工作以外的时间，获得充分的满足感。

真的是了不起的夫妇，多么务实，又多么简单，他们是在享受生活。所以以一种智慧的方式来做所有的工作，既不头脑发热，也不过度操劳，不会为了打翻牛奶而抱怨——或者就像以法莲经常说的那样，不过就是当作牛奶变酸罢了。

而对我来说，我能从法律中拣出来的东西却是如此之少，又是如此的不值得。随着时间的流逝，我依然没能同这个职业和解，尽管就像我们在纽约这样的城市所经常遇到的一样，众多的事件，以及结识朋友和兴奋感，能转移一些我初来乍到做学生之时的沮丧心情。伊内兹也是其中之一，激发了那些常驻在年轻人血脉里的快乐与活力。

我对西班牙女郎的感情，从任何意义上来讲，都称不上是深刻的爱情，至少在我看来不是。我也曾经试着想象，以确证那是否是爱情，想象着如果伊内兹离开了纽约并且永远不再回来的话，我会怎么样。然而，就算是我再喜欢这个女孩儿，我感觉自己也不会为了她的离去而心碎。现在，我们来重新拾起中断了的故事吧。就在那一天的早上，就是我答应威格尔斯沃思去看他的那天。因为非常郑重，所以我不会忘记，两个晚上之前的那个约定[1]。

这是我人生中意义重大的一天。这是所有后续发现的开端。难道我能忘记那双深情的眼睛，还有那些灵巧的手指吗？正是那些手指，曾经为可怜的比尔吉格斯摔破了的脑袋上包扎的手帕打好了结。还有那些从不会改变的、平静的表情，善良的心，以及乐善好施的品性。

科弗特因为抱病所以在家休息，而威格尔斯沃思也没来办公室，这对他来说是很不寻常的。后来，出于必要我还去过律师家里几次。曾经有一次，我坐在房间里等他的时候，看到墙上挂着一幅一位老夫人的旧的肖像，而我仿佛在梦里见过她。肖像画的是一个贵格会派的女教徒，戴着整洁的帽子和围巾，以一种温文有礼的方式在看着你，这幅画画得如此绝妙而逼真。它牢牢地、持久地吸引着我的注意，接着，真相，就像一道闪电一样击中了我！

---

[1] 前文曾经说是"第二天"。

那位老夫人——不是别人，不正是那位热情地接待了我和我可怜的朋友的护士和援助者吗？就在我们还在流浪的时候？我绝不可能搞错。

现在，如同另一条闪电，再次击中了我，那位年轻的女人，就是在竞选聚会之夜为我开门的那位，她的样子曾经令我如此迷惑。她正是多年前的那个小女孩儿，这么多年过去了，我仍然清晰地记得她的容貌，事实上我从来就没有忘记过，地下室里的小女孩儿，以及那张手绢。

如果，这真的与威格尔斯沃思所给的线索有关，那么她必然就是他所暗示的那个孤儿。于是，这整个事件引起了我的兴趣，我决定抓住任何第一个可能的机会，去结识这位年轻的女贵格会教徒。我已经知道了她名叫玛莎。

命运果真眷顾我，因为随后，玛莎就端着她的缝纫篮子进了房间，告诉我科弗特先生希望我能再等一会儿，他要写完一封信，然后让我带回办公室去，她坐了下来，就像人们通常会聊起的那样，以一种平常的口吻谈起了天气。

"那是谁的画像？"我问。

"是一位你从来没有见过的夫人的，"玛莎说，"是科弗特太太的肖像，她三年前去世了。""我很想念她，因为她就像是我的第二个妈妈，和她在一起生活的那些年，我就像她的孩子一样。"

"你说我从未见过她，那你就错了。这是和她本人非常相像的一幅画像。"

年轻的女人看起来非常吃惊,而我没有一丝犹豫,立刻向她描述了曾经地下室里的那幅场景,并且问她是否还记得。是的,她记得非常清楚。

"我当时是给你包扎了受伤的头吗?"

"不是,我是另一个小无赖。"

"啊,是的,我记得,当时是两个男孩儿。科弗特太太后来和我常常说起你和你的朋友。"

现在,玛莎的表情生动起来了,我们又谈了一会儿那位好夫人。她曾经有一笔小小的财产,以及,像她那样的一个上了年纪的女人,对科弗特来说一定是有吸引力的。

当玛莎说起这些事情的时候,有一种热烈的情绪点亮了她的面孔,她看上去真的是美极了。但是同时,我又很不幸地看到,她的脸上还有一些忧郁和疲倦的神色。她避免说起和她父亲有关的事情,只和我谈到她早年和科弗特夫人一起生活的那些童年时光,而她的父母亲在她一岁或者两岁的时候就死了,关于他们,她明显不想要被问得太多。而我认为她之所以回避这个话题,和她父母的过往之间,有绝对的关系,因为玛莎的所思所想和她的情绪,总是会很明显地呈现在她的表情上。

看起来,毕竟,直到刚才我们还只是陌生人。不过事实上,我们并不陌生,而是老相识。所以,我们立刻就又很友好地说起了彼此互相关联的人。

玛莎告诉我科弗特是她的监护人，她的父母死了之后，她就被全权委托给了这房子里的人，此后就一直和老夫人一起过着幸福的生活，除了她去女子寄宿学校学习的那四年。她说起科弗特太太的死的时候，很是动情，看得出那对她来说是一场巨大的磨难。

而且她现在也不开心，无论原因是什么，从她的举止上，还有回答我那些半是探听的问题的方式上，我确信这一点。而我因为好奇，又总是一直在问她。

门突然开了，站在那里的正是科弗特，面色看起来比以往更黄一些，裹在一身休闲长袍里。他愣了片刻，然后眼神严厉地俯视着我俩。他开口讲话时的音调听起来十分激动，或者说，是生气，就像他平常发作时会有的那样。

"你们俩在这儿干什么，说什么了？"

震惊于这种粗鲁，玛莎放下了手里的针线活，并且诧异地看着他。而我的反应是，因为这个男人显然是病了，所以我克制着自己没有立刻给他一个回答。

"出去，玛莎，"他说，"而你，年轻人，我告诉你，有个很好的理由能解释我为什么没有礼貌地问候你。"玛莎很快站了起来，然后走了出去，我看到她那没能被抑制住的泪水从双眼里迅速地滑落了下来。

"能否请您说明一下，我不明白您为什么这样，先生。"我生气地回复他。

"毫无疑问,毫无疑问,"他回答道,坐了下来,似乎是感到眩晕,"但是你至少能理解,我不希望你和玛莎之间有任何亲近。"

他的眼睛因为激动而变亮了。难道我和这个生病的人顶嘴——是因为一些似乎看起来我们谁也不知道我们到底在说什么的事情吗?

我拿到了我刚才在等的文件,离开了科弗特的家。我在路上停留了大概一个或者一个多小时,然后去看了汤姆·佩特森。汤姆的职业身份是机械师,而且,虽然他还那么年轻,但就已经在一个发展势头良好的企业里做到工头这样高的职务了,这个企业的业主很看好他,在所有的员工之中最相信的就是他。难道不正是因为这个很有男子气概的职业,才造就了我这位朋友的个性?我有这样的猜测以及模糊的感觉,也是因为类似的原因,我才厌恶律师的职业。

汤姆干这一行已经八年了,而且是出于他自己的意愿,现在从各个方面来考量,他都是一个彻头彻尾的工匠。他能拿到很好的薪水,并且,很容易理解,像他这样的人也不是随处可见的,我的朋友非常独立,他要求那些雇用他的有钱的绅士们对他保持礼貌,而他也会以同样的方式回敬他们。

你看,我喜欢说起汤姆·佩特森。读者朋友们,这对你们是有好处的。因为他就是年轻一代的美国工匠们的一个榜样。

我跟我的朋友说了刚才拜访科弗特家的事,还说了玛莎,以及律师的愤慨。

"他不是个什么好人。"汤姆插话说,相当直率,"我告诉你,杰克,虽然这不关我的事,不过如果我是你,我会尽可能快地远离他和他的那些事。就我认识的人中,丽贝卡·塞利格尼对这个人的评价,是最刁钻最准确的,而她看不起他。就她所说的来看,这是个外表堂皇,内心却非常好色的家伙。她一听见他的名字就会抓狂。"

"她更喜欢你,"我调皮地说。

"她表现出更明显的喜欢我的信号和判断了吗?"汤姆反问。"好了我们别再继续关于丽贝卡的话题了。我预感我们将要为此吵架了,因为这个亲爱的女孩儿可是非常挑剔的。"

汤姆和我想得简直不能更一致了,我也不想再就此多说什么了。而且我现在开始对玛莎有了强烈的兴趣,我想知道更多关于她的事情。

纳撒尼尔和他的狗看到我回到办公室,就停下了他们的锻炼——他们正在办公室前面以上上下下的来回狂奔,来庆祝不用干活的时光,然后他跟着我上了楼梯。

"你回来的正是时候,恺撒阁下,"纳特说,"公主给你的亲笔信刚刚才到。"他给了我一张便条。我还以为这个男孩儿在冒傻气,就拿着便条扔回给他。但是他变得严肃了起来,告诉我,是一个黑人刚刚把这个便条拿过来的,而对于纳特的盘问,他说只能告诉他这是一位年轻的女人交给他的,并给了他一个先令,让他把信带到这个地址来。

我打开便条,读到了以下内容:

你一走我就立刻写了这封信。

现在没有时间客气,我必须遵从我内心的冲动。唉!我很少有朋友,我不能失去这样一个机会,所以我才唐突地写下了这些。朋友很少?他们在哪儿呢,事实上,我真的有哪怕任何一个朋友吗?

我在这里很不开心,到了一种无以言表的程度。我对你所描述的你的养父母非常感兴趣,以法莲·福斯特和好心的薇奥莱特。我希望了解他们,我想和他们聊聊。

我没有时间继续这封前言不搭后语的信了,接下来就是重点。你愿意——我必须要问——你愿意,除非你还能再次得到我的消息,明天晚上来接我,去到福斯特的家里看看吗?并且把我介绍给他和他的妻子?

到时候你就会知道我为什么会有这样奇怪的请求了。

M.

晚饭的时候,我把这张便条给薇奥莱特看了,要她做好接待玛莎的准备,薇奥莱特那母爱的心总是对这种陷入悲伤的人充满同情。现在,一切再清楚不过了,可怜的玛莎以她不平凡的个性,正在忍受着煎熬。

第十五章
阴谋破败

我只能坐着和听着,并且说不出一个字,这样一个巨大的罪行和故事几乎让我无法呼吸!我的心灵是不是被一个噩梦所影响了?我真的不是被一个虚构作品给征服了吗?不。我仔细地看着这间小小的古色古香的卧室,那里有一扇很高的窗户,另一边是威格尔斯沃思那条窄长的床,铺着一张格子床单;旁边放着一个老式的盥洗架,邻近它的是一张桌子,我们就坐在它旁边,桌子上面放着一沓打包好的手稿;一张单独的椅子斜靠着墙壁,而摇曳的灯光照亮了所有这一切。

可怜的威格尔斯沃思,坐在一把被称作波士顿摇椅的椅子上。他下午出去了一趟,直到天黑才回来,去和玛莎进行了一次很长时间的会面,而这大大超出了他平时的习惯。所以当我看到他的时候,就惊呆了,这可怜的老人,双眼充血,面容惨白,样貌是多么可怕!他恐怕将不久于人世了。确实,他告诉我如果不是还有一个任务要完成的话,他可能也无法撑到现在。除非他做完这件事,否则他是不会安息的。

"我告诉你,杰克,"他亢奋地说,"就是这件事支撑着我活了这么长时间。而我的身体,几个月之前就已经完蛋了。它已经死了,我坦白讲,你可以自己来看看。"

可怜的人！在那个时刻，你看起来根本就是一具尸体，而不是活着的人了。

"是精神，杰克。"老人继续说，"我从来不知道精神能有如此的能量，但我下定决心要活到我能揭穿罪行的时刻，就像我曾经跟你说的那样，靠着上天保佑，我找到了线索。我决心撑到它能被揭发——现在已经到了被揭发了的时候了。而此刻，噢，我的上帝，我感谢你！"

他给我打了个手势，让我把盥洗架子上的一杯水递给他。当他喝了水之后，继续说道：

"我不说你也会知道是怎么回事的，我曾经到科弗特的办公室里去，发现了他是个罪犯。现在我也已经知道了，他正是玛莎的监护人，接管着一笔巨大的财产。但是，他的心实在是坏透了，直到刚才我还不相信，他能卑鄙到不仅仅是想侵吞她的遗产，竟然还想让那个连朋友都没有的女孩儿，牺牲在他那可耻的淫欲之下。"

我终于，就是现在，啊！我终于明白玛莎的便条上所写的，以及它所暗示的意思了。威格尔斯沃思继续说：

"玛莎的事，牵扯到一段特殊的历史，得往前追述很多年。桌子上的那包手稿就是她父亲写下的——在监狱里，他因为一时冲动犯了罪。那个罪行，他被囚禁，还有他的死，对玛莎来说就是一种彻底的悲惨的折磨。尽管事情发生的时候，她还只是个小婴儿。

"可怜的女孩儿！我了解得越多，就越对她感到好奇，而今天下午，和她的会面让我决定要把整件事情和盘托出，毫无保留，对你。并且有了这个手稿，一切都会比较方便理解了，玛莎交给我的这些东西，是她父亲亲自完成的，并且以可信的渠道交给了她，从那个时候开始，她就瞒着科弗特一直保存着。所以拿着这个包裹，杰克，直到你找到一个合适的空闲时间，再去读它。最好是在晚上，当你单独待着的时候，因为这里面的事情极为重要。可能你已经知道其中的一些细节，而且你有权利成为这个令你失去父亲的人的见证者，也有权利了解这位作者是有多么懊悔，以及他是如何去承受的。"

在这真实存在的城市的街道上，在这间房子里，一切都真得像虚构一样，而不像醒着的生活。不过，当我把手稿放在我前胸的口袋里，并且扣好口袋之后，那种分量令我不时地确证，我真的是醒着的。

当我向他道晚安的时候，威格尔斯沃思把我的手握在他两手之间，我感觉到那双嶙峋的手，是那么的瘦弱，那么的冰冷！

"杰克，"他说，"不要觉得我想得太远；但是我知道我的日子已经不多了，可能几天，也可能几小时。我已经在照看这个房子的房东那里做好了安排。他是一个可靠的人，我和他已经相识多年，我相信他会很诚信地按照我的想法去办的。你可以认为我某种意义上是个贵族，杰克，而我希望能和我母亲合葬在一起——她出身于这里的一个古老的英国贵族血统，杰克——就葬在'三一教堂[1]墓地'。当然，按照现在城市的规定，那要花不少钱。但是我为此已经准备了很久，我的房东，他知道我的想法，他就是为我打理这件事的人。你到时候和我的老朋友一起去，可能，肯定，除了你俩不会有别人——去看着我这疲倦老朽的身体入土为安，就像我希望的那样。你会的吧？杰克？"

我努力着，尽管那样有点违背初衷，我仍然感觉到一种深深的忧伤，但我还是努力以一种欢快的方式，回答他说，我们还有好些晚饭要一起快活地吃呢，而且他将会战胜疾病，然后恢复成一个健健康康的人。

老书记员没有任何回应，因为他能看出我的欢快是吃力的。我最后握着他那冰冷虚弱的、垂死般的、骨瘦如柴的手，我们的告别，让我几乎瘫了下来，那种感受我直到现在都忘不了。

只有当我出门走进了冷空气中，很慢，非常非常慢地，往家里走的时候，那些我在那一晚收集到的信息，才逐渐汇集成型，以我能意识到的方式在我面前一一呈现，并且作为一种真切的历史，让它归属到我自己的命运中。

是我自己！是的，这确实关乎我，就像关乎年轻的女贵格会信徒，还有她的监护人科弗特。奇怪的是我们的利益，竟然，被如此紧密地联系在了一起。而且不仅仅是我们的利益，还有我们的生活——被一个加倍沉重的纽带绑在了一起。

---

[1] 三一教堂（Trinity Church）：位于纽约市曼哈顿下城的百老汇大道，1696 年，由英国圣公会兴建。

是的，就是我！从威格尔斯沃思收集到的信息来看，我终于要开始了解我自己了。这位老人曾经坚持不懈，而且就像他所说的那样，在他生命的最后几个月里，真的不是为了别的，仅仅是为了能使真相大白而活着。他甚至为了能询问与这件事密切相关的人，还去找到了多年以前，那位陌生人具体的位置所在，就是我曾经提到过的，十几年以前和卡尔文·佩特森同住一屋的那个人，就是他后来又去找过以法莲，并且表明他很了解我的出身。威格尔斯沃思追踪着这个人的踪迹，找到了他所乘坐的那艘船，在美洲停靠的地点，以及他曾经的定居之处和生活的信息。老书记员还设法和他进行了通信，而他的回复证实了老书记员的猜测。

他还用其他方式——用各种方式——比如查阅法庭档案——回顾案审的每一个阶段——这位热心肠的老人，为了案件确保没有任何质疑和怀疑的空间，做到了这个份儿上。并且，正是因为有了他给我的这份手稿，接下来将会被讲述的奇异故事中的每一个疑点，都在这里有了切实的物质证据。

玛莎的父亲就是所谓的那种世界公民佩恩组织的年轻的追随者之一，而她的母亲却是贵格会信徒。当然，他们的结合是因为彼此相爱。除了一个小女儿以外没有别的孩子。他们拥有十分庞大的家产，过着十分惬意的生活，他们的家，既和大城市毗邻，有能够享受到它的奢华和更多文化资源的优势，同时又离它足够远，能够保证他们自由的田园生活和空间。这位丈夫是个很有文学品味的人，并且，他年纪轻轻，就已经看过大半个世界，游历过整个美国。

就像是突如其来的死亡，或者是毁灭天使吹响了号角，一眨眼之间，所有这些被祝福的美好生活立刻就遭到了毁灭，迅速并且精准！

一件可怕的事情发生之后，除了它直接性的后果，同样致命的还有，遭受厄运的家庭所面临的责任以及内心的恐惧感，这些随后几乎会变成他们生活的主题，让恩爱夫妻的幸福走向枯萎，甚至还会影响那个无辜而美丽的孩子的未来！丈夫和妻子屈服在了毁灭性的打击之下，再也无法从地上抬起他们的头来——似乎除了寻找僻静的坟墓，也就没有更好的事可做了。孩子因为太小，感受不到击溃她父母的那种恐怖。她被别人抚养长大，长成了一位美丽而性情温柔的姑娘，但是她仍然勇敢并且富有活力，那就是玛莎。

这件可怕的事情，是那位丈夫，在一种极端愤怒的情绪下，攻击了他的一个工人，因为那个工人顶撞了他，而他给了工人致命的一击。工人因此死了——而这位死者，那不幸的巧合几乎冻住了我的血液——不是别人，正是我的父亲！

再一次地，我不得不在我的脑海里进行线索的链接，一环接着一环，不忽略任何一个威格尔斯沃思收集来的证据链，在我能够真正接受如此传奇的事情之前。

凶手被捕了，被关押起来，然后，时间也到了要审判他的那一天。

但是他永远也看不见那天了。在刚刚入狱之后的几个小时,他那年轻的妻子,因为承受不了如此凄惨的不幸,就心碎而死了。而他得到消息之后,就消沉了下去,逐渐但没有逆转地,走向了衰败,仅仅要求把他埋在妻子的身边。

就在他死之前的一段日子里,他那处理问题的优良天赋看来还没有完全丧失。他非常谨慎地对他所有的事务做出了安排,在律师的建议下,他亲自起草了大量的文件,并妥善地做好了证明和存档。按照他自己的意愿,他也没有忘记那位贫穷的工人的后代,他的受害者——我不否认,我既将他看成一个杀人犯,又对他有一种别样的感觉,他只不过也是一个有着相同的悲惨命运,倒霉的陌生人。这样的感觉是否很不可思议?但他是,确实是,还有我的父母,对我来说,真的都是陌生人。我们那些彼此关联的感觉,是教育的产物,并且,就算在我感觉到震惊的同时,我也会感到同情,在面对所有这类事件的时候都会如此。我想,我更像是一个听故事的旁观者,而不是一个有着特殊的利害关系,等着真相大白的人。

我就是如此看待这件事情的。如果我没有特别的感情,那我就会秉持公正和坦率。

那天的审判,在地球上所有人之前,被一个更高级的法官执行了。就在那天他被埋在了他妻子的身边,然后这件事情,曾经被街头巷尾议论纷纷,甚至现在也还能被当时读过相关报道的人所记得，也逐渐地远离了公众的注目。

碰巧的是，就在玛莎的父亲被关押的那几周，担任他法律顾问的人，正是科弗特，那也正是他要在他的职业生涯上一展身手的时候。他借此对这位年轻人的思绪产生影响，利用他糟糕的处境，让他在心烦意乱之时，委任自己为小婴儿的监护人，和他的财产的接管人。尽管这位父亲还是足够谨慎，认真地考虑过科弗特的行为和动机，但某种程度上，狡猾的恶棍还是掌握了优势。因为对于律师而言，其多年来的主要目的就是规避和摆脱困境。

卡尔文·佩特森的那位虔诚的租客，也就是曾经到以法莲家里来看过我的那位，是我父亲的兄弟。当威格尔斯沃思问他我母亲的情况的时候，他的回复是，我母亲早在我父亲被杀的一到两年前就死了，而我是他们唯一的儿子。

根据威格尔斯沃思给我的文件副本来看，上面有一条款项是，玛莎的父亲曾经指示，把他名下资产的三分之一移送给，如他所冠名的，他的受害者。这个款项，以及与其相关的明确的指示部分，很明显都是事先考虑好之后才记录下来的，和他制定的其他条款的特征是一致的。

科弗特，毋庸置疑，这触到了他的担心和痛处，所以他把这部分内容隐藏了起来。因为他完全能意识到这位不幸的父亲的意愿，并且了解被杀死的那个工人还有一个年幼的孩子，他也知道他会因为公众们渐渐不再关心这件事，而放松对这些消息的关注。

他希望他能独自掌管这份财产,并盘算着让它最后落到自己的手里,而这足以让他在一开始的时候就隐瞒信息。而当他知道,就像他后来所知道的那样,那个迷失的流浪小孩又变成了他办公室里的学生,这也足以让他在此之后,继续操弄他欺瞒和假面的游戏。

毫无疑问,在我的父亲死之后——我太小根本不会记得与此有关的任何事——我从一处到另一处,不断辗转,尽量避免被收入冰冷的慈善机构和济贫院,但就我的命运而言,看起来,我也不是完全没有行动的能力。不过在我的这部分经历里,我已经被足够善待了,至于还有什么是我想要的,那么就必须依靠你自己的联想了。

第十六章
游戏开始

/ 我的生活与冒险 /

第二天,是一个星期天,就像所有背负着超出他负荷限度的事情的人一样,我向汤姆·佩特森倾吐了我心里的秘密,包括前天晚上所有的新闻和意料之外的事情。当他发现我的态度确实很严肃的时候,他瞪大了眼睛。我早已经把所有的事情告诉了薇奥莱特和以法莲,他们比我预期的表现得还要困惑,并且希望在思考一整天之后,再决定下一步该怎么办。

这是一个愉快的星期天的上午,我和汤姆穿过了北河,去霍博肯,向着伊内兹的家的方向漫步而行。而当我看到那个小农屋周围是一派快乐和甜蜜的景象时,我被一种感觉所攫住。那个地方,在伊内兹和南希,还有四五个小福克斯们的照料下,葡萄长得生机勃勃,灌木葱葱郁郁,即便是在这种时节,一些还在开放的花朵仍然异常美艳。南希已经站在门前,等着迎接我们了,她告诉我她要立刻去二楼,并且让我和我的朋友在客厅里面自便,就和在自己家里一样。

这天完全是和心腹至交们讲新闻的一天。所以我又把关于玛莎的整个历史,向那个跳舞女孩儿讲述了一遍,并且问她,万一有必要的话,她是否愿意接待那位女贵格会信徒,好好地照顾她一阵子。

"那当然愿意，"她兴致很高，"如果科弗特先生胆敢违背那位年轻姑娘的意愿，踏入这里一步，南希和我会好好问候和款待他，让他好几年都忘不了。"

我告诉伊内兹我会让玛莎准备好应该说的话，而且如果真是这样，我也会给她应有的警告。伊内兹说不用担心她是否会援助，而且她也想找到一个好机会，去给科弗特一个小小的报复，因为他居然敢惦记她投资的钱。

看来，这说的就是几个月前，伊内兹到办公室去的时候，我所猜疑的那些事了。精明的西班牙姑娘，也因为某些原因，对科弗特起了疑心，在打算采购他所推荐的，同时费里斯也占有权益的股票之前，她多等了几个星期，而几个星期之后，她很满意地在报纸上读到了帕帕瑞奇·费里斯先生那绝妙的公司解体，股票跌至谷底的消息——她的美金十分幸运地逃脱了。

所以你就知道，勇猛的西班牙姑娘对蓄意算计她的人是多么火冒三丈，而且差一点真的就被骗了。那是货真价实的蓄意欺骗，毫无争议。

就是同样参与这件事情的J. 菲兹摩尔·史麦斯先生，再来拜访她的时候，也尝到了怒火中烧的西班牙姑娘的厉害。伊内兹用她的连环抱怨和锋利口舌好好招呼了他，这位一贯温文尔雅和沉默寡言的人，不得不用手指堵住自己的耳朵，以超过平时两倍的速度迅速撤走了。他还收到了解聘书，当然，那是拜我所赐。当我来拜访伊内兹的时候，对于他的缺席，我一点也不感到难过，

113

毕竟对于这一类的聚会，两个人比三个人一起要开心多了。

当我们返回纽约的时候，我提前给汤姆·佩特森打好了招呼，因为我已经想好了一个计划。汤姆答应会为我做任何事，无论是为我掌灯让我写好挑战书，还是将科弗特从他的窗户里扔出去。

而玛莎那边，则在我的指示之下，依照她在纸条上写的那些请求，在夜晚时分，离开了科弗特的房子——很庆幸，他还因为生病被困在屋子里——我认为她最好永远都不要再回去了。她现在已经从坏蛋的房子里获得了自由，所以为什么还要再把自己置于他的控制之下？

我在家庭会议上提出了这个建议，大家一致表示同意，但玛莎自己却反对它。她说她是打算离开，但不是现在。她也知道，她必须秘密地离开，因为科弗特那多疑的脑子时刻在保持着警惕。另一个原因就是，她还有各种东西和一些重要的文件需要一起带走。

所以科弗特在这个狡猾的游戏中，并不是完全胜券在握。威格尔斯沃思和年轻的女贵格会信徒在三天之前，就已经率先展开了行动，而就我对律师的深刻了解，以及我所听到的各种信息来看，似乎这些行动就是专门防备他的。重要的是，他们制造的这些优势，都是在他不知道的情况下做的。那个流氓对此几乎没有怀疑，自始至终都因为生病被束缚在他的床上，而那个女孩儿看起来仍然还是他无助的囚徒，并且这个恶心的畜生还在对她策划着他一石二鸟的计谋。悄无声息地，在他的老书记员所做的无法估量的帮助下，后者比任何人都更了解了他的事——非常悄无声息地，我的意思是说，在他的脚底挖下了一个足以让他掉下去的陷阱。

这本来是律师的策略，以一种缓慢的速度，得到玛莎的父亲留给她的产业，然后按照他的意愿供他操控。科弗特的计划是，稳定而持续地，一年又一年地，获取转移成文件形式的财产代理权，例如国库或是政府债券，执行证明等等，不得不说，就是这坚持且不可思议的，缓慢进行着的程序，引起了威格尔斯沃思最初的怀疑。他知道这些财产属于玛莎，都是最好和最可靠的资产，但是当它们被出售的时候，却经常是有亏损的，且第二次交易的时候，会损失得更多，没有任何增值。而玛莎，她一点也不懂商业，也不知道为什么或者怎么样了，就在几乎所有科弗特递给她的文件上签下了名字。

威格尔斯沃思凭着自己对科弗特事业的了解，而选定了那些最好和最重要的部分，准备将其转移走，他就这些文件对玛莎进行了说明，并给她一份专门的说明书——她应该把名字签在哪些必须有她签名的地方，它们无可置疑都是她的——她必须找到律师在家里存放它们的地方，然后趁其不备，重新夺回它们，等到一个好时机，再把它们带出来。这就是一个女人和一个律师的书记员的计谋，难道他们不是一样机敏吗？

所有这些都在家庭会议上进行了讨论，最后决定不能再有所耽搁了。科弗特很有可能会发现这些专门针对他卑鄙诡计的反击策略，然后用他那狡猾的律师手段终止这一切。因此，我们认为，玛莎应该离开他的家，永永远远地，就在明晚。薇奥莱特和以法莲愿意待在家中，随时陪伴在她身边，不过，最好的办法还是接受伊内兹的帮助，我之前提到过伊内兹的这个方案，而且我答应她明天给她通知。这些计划会在很短的时间内决定和执行，玛莎九点的时候会再次回到家里。那个时候我会等着她返回，我告诉她，我希望她不要失去勇气，也不要让我失望，在约定的时间准时出现。出于安全保证，我们会在午夜的时候展开行动。勇敢的姑娘向我确保只要她还活着，就会按照我们的计划进行，除非我们的行动在其他的环节出现意外。

那天夜里我因为对玛莎命运的担忧差不多失眠了，在半梦半醒之间我梦见了杀人犯，他就处在那个让两对不同的父母都伤心欲绝的时刻。我忘记说明玛莎还不知道我就是她父亲罪过的受害者，那个人的儿子。我也叮嘱过以法莲和薇奥莱特要当心，不要对她提起这件事，我知道威格尔斯沃思也不会说的。

而第二天上午，我打算做的第一件事，就是派遣一个可靠的人手，去给伊内兹送信，然后叫上汤姆·佩特森，而我们之间约好要做的事，不久后大家就会知道。

我还问纳撒尼尔，他是否愿意帮助我从一个可怕的怪兽那里解救一位公主。这位年轻人告诉我，只要是男人敢的，他都敢做。我告诉他我是认真的。不过对他来说，他热爱所有的无论是什么形式的冒险，特别是，如果这件事由我全权负责的话。

我对以这样的方式偷渡玛莎而觉得有些抱歉,但如果不是因为对抗阴谋也必须使用阴谋的方法,而且,假如科弗特采取任何公开或是提前的行动的话,他很有可能会以智取胜。所以出于稳妥考虑,玛莎如果能占有上述的那些最有价值的文件和债券,我认为我们能给他猛烈的一击。此外,我还有一大批的文件和更多可靠的线索可以做证,如果情况需要,完全可以证实我所言不虚。而那些正是威格尔斯沃思在我们会面的那个意义重大的晚上,亲手交给我的。

　　可怜的人啊!我更加频繁地抽空去看威格尔斯沃恩。他躺在一张狭窄的床上,一个字也说不出来,脸色苍白,瘦得只剩下骨架,但是他的脸上仍然呈现出安详的神色。我在心里同他告别,因为我不知道我是否还能再见到活着的他。

第十七章
夜行

约定的时间到了，我已经准备好了——准备好，和我的战利品一起离开！玛莎，当我们路过闪烁的路灯时，我看见她脸色苍白如纸，但是，在她眼睛里显示出的却是严肃的、毫无疑问的一种决断的神色。同样，还有她紧闭着的嘴唇，都表现出了她的状态，是如此的不一般，这赋予了她一种我从未见过的表情。这位贵格派的淑女，是真的，一直都保持着这样的精神和敏捷吗？确实，我还不完全了解她。

纳特在催促我们，他正在附近的一个转角处等着。他还带着他的狗，杰克，今天这两位显然十分积极，比平常要安静了许多。

"佩特森先生和我已经把船备好了，"纳特说，"然后我们很快就接你们过去。"

关于这个，有必要的话，我可以握住自己的手，去感谢我们纽约的男孩儿们一直都跟码头和海岸保持着好关系。

纳特告诉我们，就在他要放弃，准备离开的紧要关头，我和玛莎才出现了。他猜测我们可能碰上了意料之外的麻烦，实际上，也确实是玛莎为了等待一个更为合适的时机，只好拖延了一会儿。

我把玛莎捆好的包裹交给了纳特，并且强调了它的重要性。

我们沿着街道加速前行，玛莎挽着我的胳膊，因为她需要一些依靠。这个勇敢的女孩儿也意识到了，这是她生命中最为关键的时刻，就像她后来告诉我的那样，即便是随时都可能有危险发生，导致她失去我的帮助，她还是如此能干地完成了她自己的任务。

唯一让我有些担心的是纳特，因为他带着玛莎偷出来的包裹。我们飞快的步伐，还有明显的难以掩饰的焦灼，这些举止，再加上这个包裹，恐怕会引起好奇的巡夜者的疑心。我本来是打算让纳特跟在我们后面，保持一定的距离的，但是我们又确实不知道他和我们说的那条船，到底泊在码头的哪个位置；而且事实上，当我们这样走过一条又一条街，急急忙忙地转过一个又一个街角，难保不会——有什么其他的岔子，好巧不巧地插进来，毁掉我们的机会。

"你们这么急急忙忙的做什么？朋友？"一声招呼钻进我们的耳朵，一个巡夜人从我们正在经过的街角杂货店的门道那儿走了出来。

我以我能有的最冷静的表情看着他，问他以这种方式拦住我们是什么意思。

"没有冒犯的意思，"他说，"只是例行公事。"

"那你打算对我们例行什么公事？"

"可能什么也不用，但也可能，确实有些事情。"这就是回复。

我尽可能地压制住我的愤怒，而玛莎，以她女人的直觉，注意到了什么，她用一种非常平静的声音说："现在，好朋友，不要拦着我们。拿着这个先令，买杯咖啡犒劳一下您自己吧，让我们相安无事地走就是了。"玛莎的声音如此温柔，显示出另一种不同的感觉，让这位守夜人感觉到比这个先令更加令人放心，他说他没有恶意，只是要行使他的职责。

我们再次以相同的速度赶路，已经走到离河岸相距不远的地方，就在这时候，我们突然被叫住了，我们身后，正站着两个巡夜人，其中一个将他的手牢牢地钳在了我的肩膀上。

"大半夜的，你们这么急着干什么？"他冷冷地问。

我一点儿也不喜欢他的语气。如果从他的声音去判断他的意图的话，那么他可是和刚才我们躲过的那位巡夜人是完全不同的。此外，他们有两个人，在这样的情况下，一点儿贿赂恐怕起不到任何效果。

"那包裹里面是什么？"他问纳特。

我感觉到玛莎的手微微有些颤抖，但是她就像确有其事地说。

"这个年轻人拿着的是一些衣服和其他东西，都是我的。"

"你确定它们一直都是你的？"他问。

"完全肯定，"玛莎说，她泰然自若的样子，一点儿也不输给她的审问者。

"那么你叫什么名字？"他又问。

玛莎没有回答这个问题，接下来有片刻沉默，让我觉得自己是一个笨蛋。"这恐怕有点不合适，"我说，"你必须原谅她不回答这个问题。"

"向诚实的男人或者女人问他们的名字，是没有恶意或者羞辱的意思的。"他说，眼神锐利地看着玛莎的脸。

她没有一丝怯懦地迎着他的目光，但是仍然没有回答。

"女士没有必要理会这种声明，相比所有人来说，她们是最诚实和最柔弱的，"然后，我为了缓和一下气氛说，"但我很乐意告诉你我的名号。"

他想从纳特那里拿走包裹，而这位年轻的绅士此时已经表现出挑衅的姿态了，最初纳特不肯放弃它，说他更愿意自己拿着，除非受到某个有正当权利的大官人要求。但我示意他不要反抗，因为我想，这位警官是想看看里面有些什么特别的证据，能够帮助他马上做出判断，自己的怀疑到底是对还是错。

从包裹被慌乱打包的样子来看，目前所能做出的判断是对我们不利的。但是显然令他感到满意的是，它没有那种贵重物品的分量。他又拿在手上掂量了一下，感受了一下，还翻过来，然后还给了纳撒尼尔。男孩儿生气地接过去，还皱起了他的眉毛，那种表情非常适合表演一出深切的悲剧。而那个巡夜人，一点儿也没在乎这位年轻人的气愤之情。

"待在这儿别动。"他说，然后走出了几步远，去和他的同伴商量。

我们感觉，在一个有权利控制我们的人面前继续执意行动的话，会非常不安全。玛莎和我压低了声音，商量着贿赂或者试探他们的可能性，但是危险大于成功的机会，最后我们决定放弃抵抗。先前跟我们讲话的那个人又回来了，那位沉默的先生显然把一切指挥权都交给他了。

"你们可能是很诚实的公民，"他说，"就和我本人一样好。但是我想对你们来说，最好还是跟我去一趟最近的警局，就在下一个街区。我想，到了警局不会花费你们几分钟时间的。至少我希望如此。"

我开始还抗议，但是他态度强硬。我们没有任何余地，只能听从他的命令。就算是此时，在这种情景下，在一个足以让任何意志坚定的男人都感觉心烦意乱的时刻，我却没有看见玛莎的脸上有任何惊慌。她只是把我抱得更紧了一点儿，除此以外她看起来仍然是镇定的，步伐也依然自若。

纳特大人，当然绝不可能在这时候保持冷静，他完全拒绝服从，而且看起来现在是有大闹一场的机会了，因为警官们对他严厉了起来，其中一个还举起了他的胳膊。杰克汪汪吠着，脖子上的毛也炸开了。有那么一刻，几乎真的就要打起来了，纳特热血沸腾，他的大狗杰克也是，他们现在能勇斗一条圣乔治[1]的龙。

---

[1] 圣乔治（St. George）：传说出生在公元260年前后，巴勒斯坦人，后成为罗马骑兵军官，骁勇善战，公元303年，在一次阻止基督徒受迫害时被杀，后被封为天主教圣人，传说中杀死过毒龙，所以经常以屠龙英雄的形象出现在西方文学艺术中。

"怎么了？"玛莎说，走到男孩儿面前，并且，就站在他和警官之间，把她的手放在他肩膀上，"现在还不是你出面的时候，等我们最需要你的时候再说。"

这就够了，几乎要刮起来的风暴就这样结束了。纳特把包裹从石板路上捡起来，挎在他的胳膊上，呼唤狗过来跟着他，低垂着眼睛，在后面走路的过程中没有再说一个词，和我们一样认了命。

很快就到了警局，我们从前门进去，穿过了房间，在后面的一间屋子里，捉拿我们的人正在如愿地等着我们。

屋子里有两三个人正坐在有靠背的木头长椅上，打着瞌睡，其中一个谦恭地站起身来，给玛莎搬了一把椅子，她坐下了。我站在椅子旁边，一只手扶着椅背，感觉既不好，也不放松，纳撒尼尔自己坐在旁边的一个凳子上，而杰克，明显地意识到现在是它可以放松的时间，它舒展身体趴在地上，把头搁在它的两只前爪之间。

第十八章
困境终结

现在，新的冒险和新的情况是关于玛莎的，她站在那里就像一个女英雄。我从来没有见过一个女人可以有那样令人钦佩的风范，并且，就从那个时候开始，我的依恋——或者诸如此类的情感，就在我心里生出根来——镀着一层敬重和尊敬的色彩，令其确实变成了真正的爱情。也许在此之前，这种感情主要还是对一个被不幸之事所包围着的女孩儿，有一种惋惜和同情的感觉，但是在这种种事情中，她所呈现出来的行为举止，却证明她值得被可靠的人所关心，并且给予她温暖的友情。

是的，就在这沉闷无趣的警察厅里，在我们等待的这一小会儿中，这种意识第一次清楚地来到我的脑海，以一种简单的方式，立刻斩断了纠结，或者，至少祛除任何杂念，帮助玛莎和科弗特决一死战。我感觉，我知道，这样一个女孩儿是我可以去爱的。事实就是，我认为我爱上了她，就从此刻开始。我能感觉到这是一种正面的、真实的、完全平等且毫无保留的爱——我想这是一种最好的，而且充满真诚，将会走向婚姻的爱情。

我在那个时候考虑——虽然我也花了几分钟，但是那段短暂的时间，却足以让我的思绪迅速穿越时空——把我自己带回到十几年前的那个地下室里，那个场景就在我的眼前展开——好心的女守护者，戴着一顶平檐帽子，柔顺的头发在她的额前分开。我想到那时候的好朋友，比尔吉格斯。这位好心的夫人——啊！她是那么温柔地清洗着他肮脏的脑袋，而我正端着一盆温度适宜的热水。那锯齿状的伤口几乎令我反胃，尽管帮助比尔吉格斯的人，断定它根本没有那么严重，并且还说笑，说这比任何其他东西，都更让他显得血气方刚了。这位夫人是怎样环顾四周，发现手边没有能用的东西，于是就拿出了那条著名的手绢，那么宽大，那么芬芳，质地是那么漂亮的亚麻，让比尔吉格斯的颅骨，在大家的注视之下，被层层包裹了起来。还有那个小女孩儿玛莎，是怎样用她那样轻柔的手指，灵敏地为手绢打结，唯恐碰到了伤口。即便是那时，难道她还不算是展示出了她性格中那内在的力度和能量吗？若是任何别的小姑娘，难道会不感到害怕，并且警惕地躲起来吗？

就这样，在这半停滞的时空中，在不知道我们将怎样在禁锢中度过今晚的情况下，我决定去爱了。

在这几分钟之后，那个将我们带到这里来的警官，来向我们讨要包裹，他准备把它拿走。

"如果要这样做，那我必须声明，"玛莎朝向他说，"我不知道你是否有任何权利可以这样做。"

玛莎是那种会被区别对待的人，从男孩儿纳特到这位警官，无不感受到了这一点。"那么让这个男孩儿拿着这些东西，"他说，"你们两个跟我来。"

我们跟随着他进入隔壁的房间里，在一张小小的木头桌子旁,坐着管理这片区域的警长。就在我看到他的那一瞬间,我感觉松了一口气,因为他是以法莲·福斯特的老相识,而且,他和我也非常熟悉。尽管他比我大一些,但是我们也曾经在同一座公立学校里共同学习过几个月的时间。

"什么,杰克·恩格尔,"他叫道,抬头看着我们,然后转头对那个带我们进来的警官说,"哦,琼斯,你报告的这个麻烦完全是无中生有。他们不可能是干那种事情的人。"

"好吧,既然你认识他们,"琼斯回答,"这当然就没事了。"

这位警官,以一种谦和有礼的口吻,而且没有任何恼火或者失望的情绪,请求我们的谅解,说他的长官会告诉我们为什么他会如此警惕的原因,然后就离开了房间。

我的校友,充满善意地站起来,把他的椅子推到了玛莎的面前,请她就座,然后向我解释,说最近在这片街区发生了大量严重的盗窃案——从警方查获的情报来看,他推测还有一次更加大胆的抢劫,很可能就在今天晚上行动——而且有一名女性涉及其中。他们的信息还不够准确,既无法限定危险的区域,也不能确定作案人员,但是他们部署了更多的警备。在这样的情况下,我们刚好又走进了警察重点关注的街区。警长希望我们能给予足够的理解而不要生气。

玛莎现在一脸欢快的神情,向他保证根本没有造成任何伤害。真的,那张面孔本身就是最好的诚信通行证,足够通过地球上任何警局的审查。像我朋友这样沉着的年轻人,有理由(我希望如此)信任我,因为他知道我过去所有的生活经历,并且只消看一眼那张我刚才描述过的面孔,就足以使他打消所有对我们现在状况的疑虑。尽管我们也洗清了所有的嫌疑,但对于今晚,或者说是早上的这外出的一个小时,为什么在街上和一个女人,带着一个包裹,领着一个男孩儿,还有一条狗快步疾行,仍然是需要解释一下的。

但是从警官的嘴里没有说出任何一个要求解释的词。而我则认为现在的实情不适合作为我主动陈述的内容,最后我向他道了晚安,然后我们就分别了。

我们很快就到达了码头,在那儿,汤姆·佩特森正在警惕地等着我们,纳特的小船没有任何闪失。我帮助玛莎上了船,然后把我的外套脱下来垫在船上,让她坐在上面。杰克在纳撒尼尔把船解开的时候跳上了船,随着汤姆把船从码头上推开,我们就开始了漂流。

那时候我才真正感觉到放松下来了。在我看来,不管从哪件事情上来说,我们都已经彻底摆脱了科弗特的阴谋诡计。他爱计划多少情节都可以,但是他的出现和他的声音再也不会打扰到我们了。

玛莎,也感受到了同样的情绪。在科弗特的妻子死后,她曾经在他的家里,遭受过那样的境遇,尽管,她的天真与充满生机的心灵一直在守护着她,但是对一个普通女孩儿来说,这仍然是近乎残酷的考验。特别是在过去的这几个星期里,她发现自己对律师的抵触心理越来越强烈。在他妻子健在的时候,她对他其实也更应该说是冷漠,而不是任何别的什么。她虽然不算是极其不情愿,但她无依无靠,而除了普通的尊敬之情以外,对他也再没有其他的感情。但当事情发展到了最后,就像我们所期待的那样,她再也不能稳站一个中立的立场,她的心里产生了一股强烈的冲动,而且应该说它不是指向任何事情,正是指向她那合法的顾问,那个一直以来操控她的人。

我们已经划到河的中间了,我在一侧,同时汤姆在另一侧划着桨,纳特相当于舵手。杰克站在船头,扬起它的鼻子,刚好成了我们这艘小船的船头像。玛莎仰望着天空,很明显正在享受着这整个情景。尽管现在还没有月亮,但星星却在闪闪发亮。从纽约湾海峡吹来清新的南风令人愉快起来,河水荡起的涟漪拍打着我们的小船,所有这些叠加在一起,成为一种真切的抚慰,涤荡了我们从玛莎的匆忙出逃,到滞留在警局的这半个小时里,所经历的仓皇。

当划过了一半路程以后,有几分钟的时间,我们放下了船桨,好多享受一会儿此时的景色。城市纵长延伸的河岸此时是沉默和静寂的,有两条或者三条单桅帆船,在河面上向着其他方向航行,伴随着它们的,是巨大的幽灵一般的船帆,但是却听不到一点儿粗糙刺耳的声音。

霍博肯河岸也是,它孤独并且安静。当我们靠近它的时候,初升的月亮从云层中射出光芒来，照在河岸边的树上、水上，和所有的事物上。这看起来就像是个好兆头，而且，事实也是如此，云层已经很难再给我们什么影响。河面曾经就像是一条布满漆黑和疑虑的道路，现在却闪着波光，单桅帆船的船帆看起来也像是真实生活中的东西了，弧顶的威霍肯[1]曾经有着黯淡的阴影，现在又恢复了它多姿的灰色和暗绿色。躺在古堡花园[2]里的战舰上传来了时钟报时的声音，而和着它的是我们的手表上低沉而圆润的嘀嗒声。

我们登上了岸，充沛的精力和年轻的血液给予我们活力，让我们恢复了崭新的生活、希望和行动。汤姆和纳特绑好了小船，纳特又挎上了那个包裹，而汤姆则留下来等着我们返回。杰克来回地奔跑，快活得像是发了疯。

我们惬意地散着步向伊内兹的小农屋走去，一点儿也不觉得累。伊内兹一直在等着我们，还没有入睡，她亲吻了玛莎的两颊，并且温情地欢迎她的到来。从任何意义上讲，我们的麻烦和冒险都在这个晚上终结了，虽然，我和汤姆还要划船回家，但那也是一段美好的时光，我们都很难再多说一个字，而且发现一切尽在不言中。我刚刚躺下，就听到了以法莲起床的声音，他是个早起的人。

---

[1] 威霍肯：美国新泽西州的一个小镇。
[2] 古堡花园（Castle Garden）：位于纽约曼哈顿岛的最南端，1812年美英战争期间建造，1855年至1890年间，曾经用作纽约的移民中心，现改名为克林顿城堡（Castle Clinton）。

第十九章
死亡沉思

在讲述我早期生活时，说起威格尔斯沃思，我曾略微提及老年人那副哀伤的晚景和那种邋遢的模样，都是我们经常能在纽约看见的——年迈到体面和精力都所剩无几——当他们家道中落，妻离子散，便只能半饥半饱，衣衫褴褛，孤独无依，过着孤苦绝望的生活。当我和老房东从租来的马车上下来的时候，诸如这样的想法，很自然地再次来到我的脑海里，我们走进三一教堂的大门，去同可怜的威格尔斯沃思的遗体做最后的告别，他执着地希望能够和他的母亲葬在一起。他的家族坟茔的群落，特别是母系这一支，随着老人的逐渐减少，变得相当庞大。

希望老书记员能在此处安息，在这个位于其间、被叮当作响的、噪音轰鸣的纽约所环绕的坟冢之中！他天性正直，自始至终，他都证明了他是我忠实的朋友。我经常想起他，甚至现在，当时光为他的形象打上了更为柔和的色彩——我经常想象他再一次地在四周来回走动——他的嘴唇深深陷入掉光了牙齿的牙床。他稀疏的白色头发，他佝偻的肩膀，他的眼镜和他灰暗温暖的衣服。再一次，我祈祷，愿他在这肃穆的教堂庭院里安息。

令人欣慰的是，我们这个时代建造了宽阔而别致的墓地，与混乱的市中心之间距离适当。优雅和葱郁的格林伍德[1]，其质朴和恰到好处的素雅之美，可能在世界上无物能与之匹敌，无论是常青藤墓园[2]形式多样、绿林遍布的斜坡，还是那崇高、朴素又经典的柏山墓园[3]。对清洁观念的强调，很可能促使教堂葬礼成了一项举措，用来控制其他形式的非法葬礼行为，城市设置了足够庞大的资金限制，作为一种行之有效的门槛，如此，就像仍然不时发生的那样，只有那些或者是有着一种和过去有关的情结，或者是能够位列于祖先之中的强烈愿望，以及有支付资金的能力的人，才能被埋在这神圣之所。

只有少数古老的坟冢，因其所具有的教育意义和价值，而坐落在城市最繁华的地带。借着老人这微薄的葬礼，在其他人离开之后，我独自留了下来，在此处消耗着这个怡人的、金子般的上午余下的时光，这正是我们美国的秋天中最好的一些日子，我缓慢地在三一墓地里踱步。我感到一种严肃但是并不十分哀切的心情，我从一个坟冢走到另一个，不时地抄写一下墓碑上的题词。高高的、层次分明的青草遮住了我的脸。而比我高的那些是郁郁葱葱、被着上褐色的树，它们被地下的腐烂的人类尸体滋养着。

---

[1] 格林伍德（Greenwood）：这里指的是美国纽约布鲁克林区的格林伍德墓园，是美国的著名陵园，建于1838年。

[2] 常青藤墓园（Evergreens）：位于纽约布鲁克林区，纽约最古老的墓园之一。

[3] 柏山墓园（Cypress Hills）：跨越纽约布鲁克林区与皇后区两地，建于1848年。

/ 我的生活与冒险 /

离我最近的那块墓碑上写着：

詹姆斯·M. 鲍德温，
年仅22岁，
在尚普兰湖受了伤。

还附有他受伤的日子，以及他死去的日子，两个日子都被刻在了墓碑上，从中我知道他死于受伤的一年之后。那么，这里，躺着的是一个共和国忠实的孩子——忠诚至死。难道——我展开了联想——这不是理应使他难以死去吗？因为悬在他面前的是一幅有着艳丽色彩的前景和未来？二十二岁，那正是我现在的年纪——但是却死了，我突然因为自己的想法，本能地感到一阵战栗！

因为我感觉这也是一个人生，是真实的事情，是真正发生过的——这种感觉对我来说，似乎开启了所有事情的美好和快乐，我因为我的朋友们而快乐——因为以法莲、薇奥莱特、汤姆、玛莎和伊内兹——因为他们每一个人！我为生活在这个闪亮的人世而欢悦，如果一个人身处其中却感受不到昂扬和热切的话，那一定是你自己的错。

真的，生活是甜蜜的，对年轻人来说。因为心中常驻着快乐，他有着如此激越、不断增进的能力，以及如此雄心勃勃的渴望。健康和无拘无束的精神是他的帮手和披风。他不假思索地去爱——那是青年的特权！他用极少的经验，建构出美妙的想象，自信地期待着它们在未来实现。并且，他对这些未来的年月是如此的确信。

难道，这不很可能是，我现在坐着的这个墓穴之下的年轻人的信念？被寿衣和棺木覆盖着的他？唉，所以这是命中注定的。在将近一年的时间里，高烧灼烧着他的血液，尖锐的痛楚折磨着他，然后他就逐渐被遗忘了。

在北面的老墓地中我找到了一个父母合葬的坟茔，他们是纽约本土人，周围还有他们的孩子们的数量众多的家庭。或许，在那儿，他们整个家族的血脉，是牢不可破的。我看到了各种各样的日期，他们死去的那些日期，所以他们最后都被带到这儿来，其中的一些，毫无疑问，是来自很远的地方，但是却同在这里，一起腐朽。

人类的灵魂就像是鸽子，他从方舟出去，然后向远方漫游，最后在一个不是他出发之地的处所安葬自己。究竟因为怎样的目的，天性才给予了人们死在他出生之地的本能？这些微妙的同理心，是否存在于数以千计的精神和物理本源之中，且正是它造就了人类，和他们从中而来的源头？

我在另一个坟冢上找到的题词是：

爱德华·玛萧；

死于1704。

这块碑是凹凸不平的。上面的字明显因为时光久远而脱落了,然后又被一些善良的手依照原来的踪迹重新描写过。

1704!这些文字就是在那个时候被印上去的,就在几乎一个半世纪之前。那一代生活在地球上的人,不可能还有人活着。从那个时候开始,又发生了多少伟大的事件!一个属于自由民族的国家诞生了,而且它拥有了一个,超越了所有之前已知的乐观完善的政府,这是真正伟大的政府。甚至那个科西嘉明星[1],曾经如闪闪发光的幽灵一般横穿世界,如今也已经躺在了冰冷的墓穴中,虽然它安置在法国灿烂的首都,比一个盖着灰色的、年代久远的厚板的墓穴要豪华得多。

在分隔校长街和墓地的一道墙边,我在一个人的墓前停住了,这个人,在他的时代,是一个播下了会同时生长出正义与邪恶的种子的人。

墓碑上写着如下的字样:

为了纪念

亚历山大·汉密尔顿[2]。

三一教堂公司立下此碑的碑辞,为了纪念一位不朽的、正直

---

[1] 科西嘉明星:指拿破仑(1769-1821),出生于科西嘉岛;其棺椁原本安置在圣赫勒拿岛,后来迁回法国塞纳河畔的巴黎荣军院。

[2] 亚历山大·汉密尔顿(Alexander Hamilton,1757-1804):美国开国元勋之一,宪法的起草人之一,美国的第一任财政部长,美国政党制度的创建者。

的爱国者,一位勇猛的军人,一位智慧杰出的政治家,就算这块大理石碑将会腐朽,他的才华和美德也会被世世代代铭记。

汉密尔顿之死,发生在1804年8月12日,这是众所周知的。他活了四十七岁。在举行葬礼的那天,市议会、国民军、牧师、律师和辛辛那提协会[1],以及大量的市民,聚集在公园广场,悲戚的复仇之愿填满了众多的胸膛,他们随着庄严的队列从百老汇走到三一教堂,在那里,古弗尼尔·莫里斯[2]登上了在门廊上竖起的讲台,发表了他的葬礼演说。悲痛的汉密尔顿亲属也出现了,他们的悲伤似乎有传染的能力,每一个人的眼中都噙着泪水。我补充一点,我曾经看见过一次或者两次,他那位仍然活着的遗孀——一位上了年纪的女士,还在坚持忙碌着慈善和公益事务。

百老汇旁边就是一个宽阔的、四方形的、简约而优雅的陵墓,在墓穴上面的厚板上写着:

我的母亲:
号角必将吹响,

---

[1] 辛辛那提协会(the Society of the Cincinnati):美国的爱国组织,成立于1783年。
[2] 古弗尼尔·莫里斯(Gouverneur Morris, 1752 – 1816):美国政治家、开国元勋及外交官,美国《联邦条款》的签署人之一。

死者必将复活。

一个悦耳的墓志铭,一个最为美妙的动机的表示!
在更远一些的角落里,有一个残损的坟冢,它的砖块已经脱落,几乎整个都被松枝所覆盖。但是读一读上面的碑文:

纪念船长詹姆斯·劳伦斯[1],美国海军,在1813年7月的第一天倒下了,时年32岁,死于切萨皮克和香农之间的快速军舰上的一次行动中。他在各种情况下都证明了自己,尤其是作为大黄蜂号战船的指挥,在14分钟孤注一掷的战斗之后,追赶并且击沉了孔雀号战船。但即便是如此的英勇,在他身上所有的优秀品质中,也不过是与他在胜利时的谦虚,以及对失败者的宽宏大量大致相当。在他的私人生活中,他是最慷慨的绅士,拥有着讨人喜欢的品格,并且他受到了公众的普遍认可,所以他值得整个国家哀悼他的离去——就连和他的同胞们作战的敌人们也应该对他表示尊敬。

(在另一侧)

此处所存放的遗体者,就连他的最后一口呼吸,也表现出了

---

[1] 詹姆斯·劳伦斯(James Lawrence,1781 – 1813):美国海军军官。

他为祖国所做的牺牲……既不是狂怒的战斗——不是那个致命伤口引起的痛苦——也不是死亡降临时的恐惧——能够征服他英勇的精神。他临终的话是，不要放弃船！

现在，劳伦斯的遗体已经从教堂场地上，那个遥远的角落里，移入一个新的和更加相称的墓穴里了，它靠近百老汇大街，在下游闸门的正左边。上述的碑文已被一字不差地转移过来，并且，在新墓的一角，一尊被塑成加农炮造型的柱碑竖立在那里。

劳伦斯！这勇敢——是如同我一样的美国青年人的榜样！当他从波士顿港湾被抬出的时候，那是怎样的一天啊！他的同胞们紧张的心跳中怀着必胜的信念。那是怎样的一刻，当受到敌人炮火的打击——被浓烟和鲜血包围着——残杀的声音和景象在他的周围呼啸——他从甲板上被运送下来，他虽被伤痛压制，但是没有被征服——他最后的念头，最后的呼吸，都献给了他的祖国！哈利法克斯[1]柔情的胜利者们带回了他的遗体，他被授予了功勋显赫的表彰，而这些变成了人们永远不会吝于以真正的爱国主义，所去崇仰的崇高的胆识和品质。不过之后，他深爱的共和国，就能保留下她如此亲爱的孩子的遗体了，并且他是如此适合作为她孩子们的摹本。他的身体被带到纽约，在那里人们安葬了他。就算是他最亲密的朋友们也不悲伤。他们的心不难过，而是

---

[1] 哈利法克斯（Halifax）：现为加拿大新斯科舍省的首府，詹姆斯·劳伦斯曾战死在那里。

充满快乐。他为之而死的旗帜，包裹着他的棺椁——一起躺入了他祖国的土地中，而后者，因为培育出了这样勇敢的守卫者而自豪。

轻轻地睡吧，勇敢的水手！至于那些在你的遗骨周围徘徊，思忖着能像你一样为祖国而奉献的美国青年们，不要在意他们的冒昧。我越来越沉迷于这些思考，所以我又在原地逗留了好几个小时。自从有人在我们的这块土地上定居，这处地方除了被用于宗教用途之外，从来没有另作他用。在1696年之前，这里只是一个圣公会教堂，然后直到1740年，在"黑人大计划案"[1]中被烧毁了，现在它位于炮台公园里的一处堡垒上，是最受人喜欢的公共场所之一。在1696年，这里建立了三一公墓；1737年公墓被扩充；在1776年，被一次毁坏了数以千计的房屋的大火所烧毁。就在布鲁克林战役之后不久，城市落入了英国人之手。

在1788年，当国家的一些地区被革命军解放，三一教堂得到了重建，在那段时间里，它的面积变成了一百〇一又七十四英尺那么大。但是教堂公司如此巨大的财产，和建设城市巨大的工程，鼓励了官员们——就如，教堂的说明里所说的那样，在很多年以前——拆掉了还不算是太旧的建筑，然后建起了这个昂贵的、华丽的建筑群，而它一定会成为新世界中最好的建筑

---

[1] "黑人大计划案"（the Great Negro Plot）：1741年发生在纽约的一起冤案，因为一位白人女性传播黑人计划焚烧纽约城的谣言，最后造成多个黑人被无辜拘禁，甚至处死。

群之一。

  当追逐我的思绪的时候,中午已经过去了,已经过半的一天还在向前爬行,是时候该结束我的漫步,回家去了。我把笔和我刚才抄记东西的一片纸放在我的口袋里,在我回归城市,重新燃起我对那些缠身的事物的兴趣之前,又慢慢地环顾了一下四周。

  在这里以外就是时尚的大街,那里多么熙攘的生活,就紧邻着此处,紧靠着这一座座的不可避免的终结的警告,是那么的生机勃勃。顺道而行的人群是那么的灿烂!他们发出明朗的笑声,兴高采烈地交谈——职员们正在下班回家的路上——还有很多类似的,端庄优雅的女性也在各自的路上。

  而我正站着的地方下面,一副六英尺长的棺材里,那个被尘封起来的、穿着寿衣的年轻人,他的生前是否也曾有过如此全神贯注的焦虑——还有被埋在这里的,学校的男孩儿和漂亮的女人,那些老的和弱的是否也有过同感?

  然后,向前滚进那个辽阔、鲜艳的潮流中,不再用晦暗的念头打扰他们自己,因为现实向他们所呈示的哲学,可能比任何读者所读到的这些多愁善感的冥想,还要多。

第二十章
亡父的手稿

科弗特没有一点儿动静。这种沉默是否是不祥的？但是无论如何，玛莎已经逃出了他的掌控，而且我们现在拥有法律第九条所说的重要证据。

以法莲通过来自霍博肯的信件获悉那里一整天的情况，那边一切顺利。纳撒尼尔在回家途中来过一趟，告诉我办公室除了他和他的狗以外，空无一人，他也没有从他的主人那里，收到任何一个词或者是指示。

我完全不喜欢这样静止的状态，因为我恐怕科弗特会使诈，并且，我的直觉使我确信，一定有什么正在暗中进行着，而我还没有发觉。但是，现在我们这边没有更好的方法，除了保持安静，让敌人首先展开行动以外。

那天我回到家的时候，时辰还早，所以我把我的灯安置在了桌子上。这几天以来发生的事情令我太过震惊，并且我正处于老三一墓地营造的影响之中。所以我打开抽屉，在那存放着女贵格会信徒那不幸的父亲，亲手写下的稿件。现在我的情绪正适合读它。

当我去掉信封，打开它，看到手稿是以非常仓促和潦草的方式写的，明显体现出了写作者的一种亢奋的状态。手稿用的是多年前常用的那种结实硬挺的纸，并且保存状态良好。

这完全吸引住了我，而且我对这位把一切交付纸端的，不幸的绅士充满了同情，他处在受惩罚时的特殊时刻，祛除了我原本对他，或许应该是愤恨的情绪，而现在他的故事更像是那些我在书中所读到的事情。叙述的口吻是病态的，但是在那种境遇下，这种特征是情有可原的。

玛莎父亲的叙述

无论你是谁，这悲惨的故事现在在谁的手上——噢，我希望是我的女儿在阅读它，并且为她的父母垂下一滴泪水——无论你是谁，是我的女儿、朋友或者陌生人，我现在所要讲的这个故事，是写在监狱里的，用以打发沉重的时间和出于一种使命，留给我自己一点点同情的机会。

看一看你所身处的美丽的地球，自由的空气、天空、田野和街道——四方云集的人群。我知道，你会说所有这些都很平常，因为我曾经也是这样不屑一顾，和你一样。但是我已经不再如此，现在所有这一切对我来说都是世界上最美丽的事物。自由地，走向任何你想去的地方——去自由地看——无忧也无虑——我的意思是说，你的灵魂没有承受着可怕的憎恨或者耻辱，没有恐怖的惩罚悬在你的头顶——噢，那是幸福。

幸福！唉，在它的名义之下，一个人会经历怎样的荒谬。

幸福！我现在身处囹圄，死亡可能已经在等着我，我却产生了这些关于幸福的念头。

　　难道，生命中确实没有具体的欢愉吗？我们来到这个地球上就是为了长时间辛苦的劳作和伤悲——是为了吃、喝和生儿育女——为了疾病和死亡？在这个世界上，人们的心灵，没有闪耀着太阳的光芒，没有花朵绽放，就像在外太空一样？还有爱，还有抱负，还有智力，还有财富——他们来自于青春，当我们绘制着如此众多的幸福，去期盼未来的数年——而当它们长大结果，难道失落不是一同降临？

　　我愿伊甸园里的魔鬼已经告诉了年轻人，能通往幸福的东西是什么。人们追求理想之时那如此充沛的热情——在今天，所有围绕在我们身边的人们——很明显，都做不到了——财富也买不到它。每个月的报纸都充斥着人生的账本，他们的财产事业都确实蒸蒸日上，其中有些人又年轻又健康，甚至还有些人被穷人认为是有着神赐的完美生活，最后却选择了自杀。那些跟在等级与地位后面的成功的追逐者是不幸福的，至少，在成功中得不到幸福。最博学的学者们，往往是世界上最忧郁的人。悲伤和痛苦越是美丽，具有那样的头脑的面孔就越是平凡。优雅的着装也总是裹着病态的灵魂——而装置齐全、华丽的马车则很可能是疾苦的陷阱。

　　而那些忙忙碌碌、日夜劳作的人，也同样难得获得幸福。有个观点似乎很有道理，人的存在就是为了不断地与饥饿对抗，而成为奴隶，辛苦工作，却看不到几天美好的日子。但是他们的劳动是有效的，能吃得稍微好一点儿。至于那些技工、农夫和文字苦力，就像被美味的经验所排除了的一小口甜蜜的碎屑一样，我们是如此努力地争取它，然而却从未获得过。我现在所说的，不是一种普遍的，或者是每天都能尝到的满足——而是一种成就，是无论在任何时候，任何情况下，一个人敢说，我感觉到完满的幸福，我没有未被满足的愿望。

处身于囚牢中的我，是不是很有哲学的意味？你难道没有发现我的目光如此敏锐？真的，身处在这种境遇中，去思考这是怎样一个悲惨的世界，其实是一种安慰。

而如果我能摆脱我灵魂的巨大重量，我可能不会这样悲惨，并再度获得自由。现在，当我即将离开生活之际，我的眼睛才刚刚看到了它的美。噢，多么低廉和普遍的美！要成为自由人，而不要成为一个罪犯！

现在于我而言，我已经远离那曾经横在我和幸福之间的巨大障碍，那就是暴烈的性情。我现在摆脱它了，如果我还能再活上一百年，那么一百年之内我都不会再愤怒或者报复。

我，是多么疯狂，毫无理性。我竟然还说起了一百年！难道我，还能再看半个一百天吗？

自从我出生开始，暴躁的脾气就随着我一同成长。我的童年就是易怒且不堪管制的，我的家，我配不上这个称呼，我是没有家的。尽管我的父母并不节制，他们花了足够多的钱来照顾我，给了我几乎无底线的溺爱，但是他们没有给我那些，我最想从父母那里得到的——好的示范、好的建议和真正的家的守护。几乎是从出生起,我就寄宿在遥远的乡下。

因为我如此暴躁的脾气,我的母亲非常焦虑,仆人们也难以抵御。而我的父亲,啊,他自己诸事缠身,根本就不想谈论这些事情。难道他不惜一切代价吗?他算得还不够清楚吗?对了,我将会继承他的财产,这肯定会很令我满意。让他抽出他的时间来教育我,纠正我的性格,那真的是指望得太多了。就算是当我的母亲去世,我还仅仅是个半大男孩儿的时候,他对我也没有任何改变。

这就是人们所谓的好父母,因为他们没有打骂他们的孩子,也没有让他们挨饿。他们还留下了财产,孩子们除了钱还想要什么呢?

所以当我长大成为一个青年,我是粗鲁、暴烈、狂浪不羁的。尽管因为我暴烈的脾气,我多次身处困境,但是它们都没有达到能好好教我一课的程度。而且实际上,我的脾气,在经过这些事情之后,变得更加令人难以忍受,因为终究都还是我胜利了。

一道阳光照进了我的生命,并且,在一段时间内,能让我控制在一个温和的状态中。爱情把我从野蛮中驯服了。她的天性是平静和淡定的——她,我爱上的人,她那镇静的品质给我冲动的性格,带来了旗鼓相当的影响。她出身贵格会家庭,可能这就是为什么,她能温顺和适应地赋予我的自由和独立,以新鲜的魅力，并令它也适合她的脾性。

而我回报她以疼爱，很真诚也很忠实。所以她没有机会看到我性格中恶劣的一面。她非凡的风度令人感到镇静和抚慰。因为我从不掩饰，我如何想就如何行动；也偶尔会被激怒，但甚至不用去想我那不雅的样子，将怎样呈现在她的眼睛里，我就能平息我暴怒的脾气。

我的父亲遭遇了一场疾病，在几个星期之后，明显恶化并且没有希望了。我并不哀痛，能因为什么原因哀痛呢？他死之前把我叫到他面前，然后，在第十一个小时的时候，给了我一些好的建议。一些好的建议——一些词语！无疑的，它们非常珍贵——这些词语，但是它们也仅仅只是词语了。当一棵树长大，长出了弯曲的树干，树枝也成了形，再站在它面前去宣讲好建议的布道又能怎么样呢？能改变它弯曲的树干，或者多节的树枝吗？

但是在我父亲死去之后几个月之间，我却发现我在舒适的婚姻生活中稳定了下来。啊，这就是我最快乐的时光。当我现在写下这些字句时，我脸颊上滚落的泪水，证明了这一点。它们不是苦涩的泪。这些回忆里的日子，它是我这被笼罩在阴霾之下的，同时交织着好运和厄运的生活历程中，仅有的一道纯洁之光。并且，那如此甜蜜的——一段长长的蜜月——至今还能带给我持久的清新，可能，是其中最美的部分！它照亮了这间牢房。甚至在这样悲伤和晦暗的四壁之内，也能感受出它迷人的氛围。

一个孩子，也一样有力地，庇佑了我们的婚姻，一个漂亮的女孩儿。愿上帝保佑她，愿她的一生，也为她曾带给我的庇佑所保护。愿她长大，并且，当她回顾这些凄凉的日子的时候，能为她的父亲洒下一掬同情之泪，啊，那么，可能我一生的故事，能够在她的心中占有一个特殊的位置。

幸福代表着晦暗，我曾以这样的念头，作为这些文件的开头。但是那些晦暗是符合我现在的处境的，我一直都在试图把它们抹掉。

我结婚之后的那二十个月的回忆，是对那些声称地球上没有幸福的人的彻底的反驳。当然我一直都处在天赐之运的优势中。哦，那随后的雷击来得是多么快啊！

有一个和我年纪相仿的人，很穷但是很强壮，当我寄宿在乡下，我们都还是男孩儿的时候就互相认识了。在很多事情上，他说得上是我的朋友，但是就算在那个时候，我们也经常争吵，因为他从来也不会顺从我刚愎自用的性格。他出身于那种所谓的大众阶层，而此后间离了我们的，也正是我拥有的财产。我后来经常在城市里见到他，因为他后来也到城市来谋生活，且一直生活在贫穷之中。他目不识丁，工作艰辛，还和一个既普通又相当懒惰的女人结了婚，后来当他的老婆死了，而他变成了一个带着小婴儿的鳏夫的时候，他也还并没有变得更差劲。

我恶魔的基因可能把这个男人推向了我的道路。如同我的暴躁，他那艰辛的生活令他形成了一种阴郁的性格。他所住的那所简陋的房子，就在我高档家宅的附近，我们出于各种原因经常有所接触。我之前从未想过，但现在看来，他对我并不是站在一种有少许的服务成分在内的友情立场，所以一直有一些反感的种子长在我们之间。他对我的出现和举止都进行了挖苦和议论。他认为我粗俗，骄傲，不愿承认以前和他亲密的关系。可他这次搞错了原因，尽管他的结论是对的。

我因为想要为我的房子进行一些增置和修缮而定制了一份合同，这个人就被承包商征召了过来，作为他的雇工，补充的劳动力。我因为太过于骄傲而对此未置一词，但是他的表现却彻底激怒了我。在我和他的关系中，他把自己的不幸与处境变成了他的优势，我经常发觉他在嘲弄和讥笑我，而每当我路过的时候，就会引起工人们发出那种抑制的笑声。看起来，这全都是嘲弄，而且就是嘲弄。那个人的作为，对我来说，就是一个坐在国王殿前的犹太人，一个在我的自尊中活着的笑柄。

有一次就在他又当着我面，冷言冷语地羞辱我时，我警告他如果再继续这样无缘无故地挑衅，我会把他打翻在地的。

他羞辱性地笑了一下，但一个字也没有回复我。我感觉这让我在此时围拢过来的人群中出了丑，这更增加了我的怒气。

几天以后——哦，多么悲惨的时刻！——我和承包商一起，来看房子新建好的部分，给他一些指示，并且听一下他对他那些建议的解释。我们边走边说，就在我准备离开的时候，我听到工人中有人在讽刺我——讽刺我的傲慢，甚至说我有一些怪癖。不幸得很，承包商已经走了，尽管周围也都是工人。我抑制住的怒火，现在突然升腾了起来，然后转身要离开这个地方。而我不得不经过对手所在的那条路。

他正庆幸于自己的胜利，而就在我经过他身边时，他冷酷并且故意地，跟我说了一些比以往他所讲过的，更加严重、更加刺激的话，并且以一种谋划好的刀刀入肉的方式，直接挑明了是在说我。

我的血液已经在血管里沸腾了，这令我发了狂。我现在几乎记不得具体清晰的过程了。我想那个时候我已经离开他有几步远了，但我是如此狂怒，所以我转过身，一步就跃到了他面前，然后，在盛怒之中，从他手中夺过他干活用的木槌，直接朝着他的头上猛击了一下！

伴随着疯狂的怒火，我的胳膊出奇地有力，所以一击致命。他像一根木头一样倒了下去，而我，站在那里，成了一个杀人凶手！

接下来的几个小时对我来说就像一场可怕而又混乱的噩梦。我既不是睡着了也不是清醒的，我感觉自己完全麻木了，只记得不断地眨着眼睛。我没有离开事发地点一步，在谋杀后长达半小时的时间中，经历着尖叫、慌乱，以及恐惧。我杵在那儿，看着这可怜的家伙的尸体，然后我想，真的是太奇怪了，我们两个人，竟然是从小就在一起，钓鱼、游泳和打猎都经常在一起。我想起他曾经帮我做过的事，想起他是多么勇敢的一个男孩儿，而且，无论在什么麻烦中，他都是坚定如铁，从未背弃过我。就是我们那些乡村生活的小插曲，现在也一一呈现在我的面前，我们的友情——我们跨过的栅栏、果园、河岸、漏了洞的平底船和用山胡桃木嫩枝做的钓鱼竿。

这是我吗，现在，是杀害了那个男孩儿的凶手吗？就算是我自己的处境，我的妻子和小女儿的处境，都被这些想法挤到了一边，它们慢慢地、夸张地流过我的脑海。

这时，一声疯狂的尖叫——响彻了我的耳朵，把我从冥想中惊醒。哦，那可怕的叫喊！那是妻子心碎的声音——灵魂被碾压成粉末的痛楚，给了我一记重击！她低声叫着我的名字——微弱而又充满爱意的低语。她苍白的脸，蒙上了一层可怕的湿气，她看着我，用尽她虚弱的体力，想碰触我汗湿的脸。我抱起她，给了她一个深深的长吻，然后就让她以随后那种了无生气的样子，躺在了床上，没有任何生命和悲伤的知觉，躺了四十个小时。然后这个有着纯洁灵魂的人，在一个冰冷的夜里，如凋谢的花朵一般死去了，自始至终都没有任何抱怨。

我没有试图逃避，而且我想我没有对那些押送我去监狱的警察们说过一个字。一片可怕的空白似乎在我的精神世界里蔓延开来。冷——冷得像冰，没有任何动静、物体或者温度。这不是痛——至少，痛楚没有超越那些充斥在我脑海中，折磨着我的麻木的、死一般的感觉。

一个小时！给我造成了怎样的改变。

我并没有被粗暴地对待，无论是迅速围拢起来的人们，还是警察。一些工人们做了一个真实的声明,证明那个可怜的家伙行为傲慢,以及愤怒是如何突然升级的。他们努力使得案情看起来于我有利,而且我那可怜的妻子被悲伤压倒的场景,是使得我成为被怜悯者的全部原因。许多饱经风霜的脸颊上垂下了泪水,或许很多沉默的祈祷献给了这位悲惨的年轻人,因为他的命运,是比那个倒下的可怜的受害者还要更加晦暗。

所以,我被关进了牢房,成了一个凶手。

我对妻子的死没有感到深刻的愧疚,我知道,依她的处境,活着比死去还要更加难受。啊!那也不就是我现在的情况吗?

法律,在一些小的指控中常常是残酷的,但在大的方面却很少如此。在监狱里,我被公平和体面地相待。他们尽可能地宽容,并且不拒绝我。在狱卒和警官身上往往有这样一种高尚的同情心,特别是对那些受他们看管的,承受着他们自我严厉惩罚的可怜人——同情,是他们身上多么值得尊敬的品质,在他们身上展示得那么充分。在经历了这些同情之后,也让我重新反思了我自己。

在喑哑和麻木的第一晚过去之后,第二天早上,就是我开始写作的这一天到来的时候,我已经变了一个人。我感觉自己非常镇静,而且确实没有任何处在我这种情况下的人,会有的那种焦虑和害怕。同时,我完全清楚自己的处境。一切都呈现在我面前,而我也领会了它的全部。犯了罪,法律的惩罚,可怜的受害者,我的家庭,我之前令人惋惜的暴力脾气,案发当时的场景和细节，能有利于我的最佳证据——所有的一切都被清晰地列入我的思想。我从前的脾气，我是说，现在，当我回顾它的时候，已经彻底地从我身上被剥离。我知道是那样的，无论从哪个角度去考量，它都不再属于我了。蛇褪下了它的蛇皮。

有一个我原来雇佣过的法定代理人，我把他从好几个在我脑子里打转的名字中拣选出来，给他送了一封信。从我雇用他时他的行为来看，他是一个可敬的人，这一点我可以肯定。令我感到难过的是，他现在不在这里，而是正在很远的地方航海。给我带来这个消息的律师，自称是多年以前，曾经在现在不在的那位律师办公室里学习过的人。征用这个人难道不是正好吗，至少委托他去办一些小小的事情？我问我自己。他的表情是冷漠的，但是他是个贵格会信徒，正是这一点吸引了我。

我现在委任了一个人，他的名字叫科弗特，去为我可怜的受害者安排一个体面的葬礼，我还给了他签署权，和掌管资金的权利，如此，是为了一些其他的目的。

现在我很多的时间都花在安排我的世俗事务上，因为我有了一个念头，几乎可以说是确信，我就要死了。我曾对我的朋友提起过这种担心，而他们为了让我摆脱这种想法，就说那只是因为我心情郁闷的缘故，沉浸于巨大的压抑状态中的人经常会有这样的荒谬想法。我没有回答他们，但是我仍然认为我一定是要死了，这对我来说并不痛苦。

我的遗嘱包括细节都已经及时地制定好了。我给我的女儿留下了大部分的财产，其中，被妥善地担保的，很不错的一部分，是给我受害者的孩子的。

科弗特现在每天都会来。他强烈建议我筹备我的庭审，聘请最好的法律人才等等。当我回答他说没有必要为这种事情准备时，他几乎是在嘲笑我。

他是个难以捉摸的人——这种，既不老但也不年轻的律师，我几乎搞不懂他。但是总体而言，当然，我还是决定相信他，他现在了解我所有的意图和事业。而特别吸引我的，以及之所以能和他变成朋友的原因，是因为他的太太，她比他年长很多，非常温柔善良，如果这世界上还有什么拥有如此品质的人，能给予我的小女儿以温柔慈爱的，那就是她了，而且她已经答应了负责照顾我的孩子。由于她没有孩子，所以她能把全部的母爱，都倾注给我可怜无助的女儿。

这天就要来了，我已经做好了我全部的准备，自从我被关进监狱以来，我比任何时候都更加冷静。我应该再想想是否还有需要记下来的事情，如果没有，那么不管是谁读到这个阴郁的故事，就让他知道所有这些我的经历吧，我写下这些内容的时候，比我平凡的一生中任何其他的时间，都要更加沉着冷静，除了我结婚的那段时间。而且，我毫不怀疑我就要死了。

我的小女儿，愿上天保佑她毫无庇护的童年。上帝可怜我，愿我感受到的这份舒缓和镇静能够持续到最后。

余下的是一长段空白；而接下来的段落，很明显是其他人，在其他时间写下的。

我亲爱的、不幸的朋友在他最后一行话中的祈祷没有落空。他保持着冷静，而且他的语言已经得到证实。在原本要开庭的那天，人们发现他已经死了，就在这天，他也如愿入土安葬了。他委托我照管他所写的这份手稿，并且打算交给他的女儿，她会生存下去，就像他相信她会的那样，在母爱中成长。

接下来的部分，是各种不同的文件，和最后一段的笔迹相同，包括各种文献、法定日期和宗教建议。所有这些是读者不会感兴趣的。

第二十一章
选择离开

受挫的律师——就像狐狸掉进了陷阱，而他曾经以为这是他巧妙地为其他人所设置的！这看起来不是一幅令人愉悦的画面，但我还是要描述一下，那些真实发生的事情，正如我后来所乐意知道的那样。

科弗特一直不知道玛莎已经走了，直到第二天早上，他那多疑的心立刻感觉到有些事情不对劲了——而且事态严重。以那样的方式出门从来就不是玛莎的习惯，此外，她不告而别去了哪里？

还在生病的他，现在因为担心而又加重了病情，他出于本能，隐约觉得他私吞的宝贝还处在安全的地方——虽然这样感觉，但还是伴随着一些模糊的恐惧。

悲惨、黯淡、不幸的人！在电击般的绝望和自私的感觉中有一些东西，浓缩在他那最初一分钟的困惑里，这就是为了你那自从对可怜木匠的诈骗开始，而犯下的累累罪行，最后来报复你的事情。

那因为贪婪而充满谎言和欺骗的一生，如一道闪光呈现在他的面前！

而现在，终究，还是被挫败了！

双手颤抖着，额前也沁出了冷汗，律师开始翻箱倒柜地找。

可能他把一些重要的文件放在了别的地方，而它们还在那儿。他上上下下地彻底搜查了一遍，又检查了一遍，并且扔掉了手杖，因为他感到他虚弱的血管中，冲进了一股突如其来的力量，他开始系统地搜查整个房间，搜遍了它的边边角角。

他绝望了，真的。还有没有什么可能？

不管有没有，他搜完了那个房间，又到另一间去重复同样的动作，然后到下一个房间再来一遍。

最后他上楼到了玛莎的房间。她的家具，还有其他的很多东西仍然在那儿，就像往常一样，但是很明显，她精心挑选出了她最需要的东西，而这些东西都已经被带走了。

他从厨房叫来仆人。那是个憨傻的姑娘，而她就是他在这个地方唯一有用的人。可是她不能给他提供任何信息，因为玛莎离开的时候，她正在酣畅大睡中。

他写了一封信，送往了办公室，命我到他家里去。但我已经离开办公室了，自从那晚我把帽子扣在了自己头上的时刻起，我就发誓再也不会主动踏进这扇门。我的法律学习生涯，我感觉，也就此到头了。而自从事情被揭发以来，以法莲·福斯特似乎也不再对这一事业充满热情了。

"假如，杰克，"他在那天早上说，"我不知道我已经太过仓促地把你推向了那种生活。上帝原谅我，假如你因此失去了诚实的话！"

我很严肃地告诉他，我真的不敢保证，而且我已经感觉到有一些东西在我的指尖蠢蠢欲动了。

科弗特送出的信,没有送到我手里,然后说要交给威格尔斯沃思,如果能送到的话,或者,最后的对策,就是让男孩儿纳撒尼尔将这封信送给我。

威格尔斯沃思已经处在弥留状态,所以在晚上之前,这封信落到了我兴致昂扬的朋友手里,他吹着口哨叫来他的狗,帅气地把帽子戴在头上,以他独有的方式问候送信人——"我的孩子"虽然那个人已经老到可以做他爷爷了——接着刚才讲,他还让送信人转达给科弗特他的爱的保证,以及他将会毫不犹豫地和好人站在一起。

纳撒尼尔,锁上了门,然后把门钥匙拿在手里,开始了这趟让他颇有兴趣的旅行。首先,按照先前的安排,他先来找我,然后告诉我他已经被告知要回去复信,所以马上要走。

"不过我在想,"纳特说,"我应该给老男孩儿一个机会,让他知道我的一点儿想法。"

我提醒他不要提起玛莎的下落,至少目前不能,其他的随便他想说什么。

他悠闲地踱着步子,除非突然出现一个刺激,能让他和杰克有机会来一场比赛。街上有许多的剧院广告,他密切关注着每一个,并且都从头看到尾。这一路上有各种令人分心的事物——特别是每一匹毛发整洁、姿态潇洒的高头大马,和套在它们身后的双轮轻便马车,以及一闪而过的微小细节。整个世界是一个,令男孩儿既羡慕又全身心想要得到的东西。他竭尽全力，看得像马那样远。

当他逐渐长成为一个大一点儿的男孩儿的时候，他就不再像从前那么好斗了，尽管他仍然对碰巧能引起他注意的个人冲突很感兴趣，但他不再感到那种非要亲自加入的渴望了，除非收到专门的邀请或者被人召唤。

当纳撒尼尔到达科弗特先生家的时候，他拒绝了女仆要他把杰克留在门外的要求，除非得到他的大狗朋友的允许，那么他，纳撒尼尔，是任谁也不能说服他进入那道门的。

他最后还是进了房间，然后发现他和科弗特正面对面，而窗户旁边站着的是费里斯和衣着华丽的史麦斯。发烧狂躁的律师已经不耐烦了，让刚刚送完第一封信的送信人，又接连送信去给那两位知名人士。

"恩格尔在哪？"科弗特立刻问这个男孩儿。

"我可以肯定地说，"纳特回答，"恩格尔先生就在他的寓所，或者说在他家里。"

"威格尔斯沃思，我听说，情况很糟——几乎没有活着的希望了。"

纳特摆了下脑袋。

"办公室情况怎样？"科弗特继续问，严厉地盯着这个男孩儿。

年轻人几乎只是重复了他的问题。

"是的,谁去过那里?为什么恩格尔不在那儿?你知道关于玛莎的什么事儿吗?你是否听说了什么?"

激动的律师急切地问了上述一串问题,气喘吁吁地坐了下来。

"好吧,"纳特从容地说,"我猜你现在很心慌,玛莎离开你了,是吧?"

科弗特再次从他的座位上弹了起来,而且他似乎想要抓住纳特的身体。杰克竖起了毛,发出了一声低低的咆哮。

"心慌意乱可没有什么好处,"纳特继续说,"和你一样,我知道玛莎走了。而且我知道她永远也不会再回来了。我还知道恩格尔先生也永远不会再回来了。所以你会说点儿什么呢,如果我告诉你我也要离开,而且永远也不会再回来?"

"那将是摆脱了一个懒惰又鲁莽的小流氓的好事。"科弗特严厉地说。尽管他现在努力压制着,不让自己显示出任何暴力冲动的迹象,并且示意男孩儿到门口那边,因为他现在已经看出从他那儿得不到什么了。

纳特,把钥匙放在了桌子上以示离职以后,嘲弄地向律师鞠了一躬,同时希望律师能在判断别人性格的能力方面有所进步,然后再次祝愿他有一个愉快的夜晚,而现在,天马上就要黑了。

接下来剩下的这三位可敬的人物开了什么会,我就不知道了。但他们,很大程度上,是勾结在一起干坏事的人,这毫无疑问,所以他们在任何需要的时刻,都会互相提供帮助。

这一天剩下的时间里,在这个夜里——就在我们也每时每刻期待科弗特的消息，并且想知道为什么还没有动静的时候，科弗特的房间里正进行着紧张的活动。帕帕瑞奇·费里斯和史麦斯进进出出，然后又进进出出，不时地还会搞一次从家到办公室，再从办公室到家里的长途旅程。

没有求助外援，只有少量订购的东西被放在门前，然后由史麦斯带到里面，还有一些钉箱子，以及一个房间接着一个房间翻倒东西的声音。

从这天的黄昏结束开始，纳撒尼尔在拜访过这里之后，这个悠闲踱步的年轻人，又碰巧再次转回到了这条街，从相反的一头，路过了科弗特的房子。一辆马车等在门前，男孩儿很自然地停下来看看究竟是怎么回事。

现在，走下台阶的是科弗特先生，费里斯在一旁协助他。他独自进了马车，纳特看见里面堆满了大衣箱和编织袋子。在年轻人回过神来之前，车夫登上了驾驶座，马车以飞快的速度驶走了。而费里斯则谨慎地登上阶梯，锁上门，又试了试，看是否锁好了，然后又下来查看了地下室的门，在门前的步行道上站了片刻，检查窗帘是否拉好，最后带着沉思的表情离开了。

纳特想尽办法去打听科弗特去向的线索，因为这个机敏的年轻人料到我一定会急切地想要知道这些。他和一个门前的小商铺里的女人搭讪，同时就在那里观察到了这一切。但是所有她知道的，不仅仅是出于好奇心，同时还伴随着警惕，就是这辆满载衣箱的大车，和两个小时之前就打包好带走的包裹，都是准备登上去往奥尔巴尼[1]的船只的。

纳特冒着风险去了码头和市中心，希望能够得到更多信息。而杰克从来没有比这个逐渐迟暮的下午中，这愉快的一小时，更加坚定地比赛奔跑过。

但是男孩儿到达得太晚了。他看见了马车，当然，他立即拦下了车夫，而后者在大概十五分钟之前，就把他的乘客送上了汽船，他知道这个坏脾气的、满脸皱纹的男人，似乎是在一种躁动不安的状态中奔波，他说话的气息如此虚弱，颤抖得又是那么厉害，他要去的不仅仅是奥尔巴尼，还有远在加拿大的一个城市！而且，他还听说，科弗特向船上的一个船员询问，多久能到——最好的路线——以及最短的抵达时间。

是的，敌人差不多是逃跑了，留下我们占有所有的财产。而且，看起来似乎很奇怪的是，在他离开之后，我们再也没有收到或者听到他的消息。我们甚至从来不知道他是否活着抵达了目的地。

至于帕帕瑞奇·费里斯和史麦斯，他们无疑有一个好理由闭紧他们的嘴。他们虽然无法仅以一项简单的解释，就满足那众多的对他们老朋友的询问，但他们仅仅只是发誓说关于他为什么逃跑，他们也不比别人知道得更多。

---

[1] 奥尔巴尼（Albany）：美国纽约州首府。

第二十二章
终点

我的冒险历程即将画上句号了。我再没有什么要说的了，所以我会尽快地结束这个故事。

在我的心里，生起了对年轻的女贵格会信徒的爱情，这是再自然不过了，通常这种事情会被大书一番，但是我拒绝让这些陪伴我经历过这漫长旅程的人，再经受一段求爱的故事。我被扣押的财产追回来了，而且，在经过了几个月上述的过程之后，薇奥莱特心满意足地，为我筹备了只有几个好友参加的婚宴。

威格尔斯沃思的调查是如此彻底，而且他都完备地记录了下来，每一卷每一页，都标注好了日期，以及所有其他的细节，环环相扣的证据证实了玛莎的财产权。至于法律所需要的历史证据——那位父亲和他的死，以及他的遗愿和他对财产的分配——所有这些都有过详细的记录而且也得到了法庭的真实记录，和其他确凿的证据的证实，所以我们毫不费力地就得到了令人满意的结果。

玛莎没有近亲，在她被科弗特夫人收养之后，所听闻的那几个远亲，似乎也很为她的丈夫所抵触，所以甚至这些遥远的亲戚也失去了对她的看护，她只能依靠这位好夫人，而这位夫人在她最无助的这些年里，承担了她最好的朋友和保护人的角色。

律师所凭借的、展开他自己邪恶阴谋的那些非常手段，最后都成了对我们有利的证据。我指的是那些变换了玛莎财产的债券和文件,确实是为了更加便于转移和隐藏。而我们找到的最有价值的票据和文档,以先前提过的方式,被人担保代管着。

在玛莎获得自由之后,那位科弗特没有再尝试争取他的监护权,这并不奇怪。因为他知道,现在她有一群可靠的朋友,而且一份有法律效用的卷宗不可避免会被揭发出来的内容,将会关系到的,可不仅仅只是简单的信誉问题了。这很可能会牵连出其他的调查和揭发,关系到他和费里斯串通起来策划的其他一些阴谋。为了就此结束他的部分,我要补充一点,就是我们没有从他远在加拿大的驻地得到任何确凿的情报,而这样也是最好的。

伊内兹,在她照顾玛莎的那段时间里,向玛莎表现出了她全部本真的善良和慷慨。当她以女性的敏感,发现了相似的感情已经在我和玛莎之间成长时,她是否终止了那一点儿小小的情愫?如果是这样,那么她的做法和女贵格会信徒没有什么区别;并且她是我婚宴上最活泼的人。汤姆·佩特森先生是否曾经安慰过了这位了不起的,而且的确是好心肠的姑娘,我自己不敢断言,但很明显的是,他俩很快就成了彼此非常要好的朋友。

随着赛季的临近,伊内兹现在正忙着准备她的职业巡回赛;她一直在筹划这件事。这场巡回赛占据了她全部的时间和精力,并且能证明,我知道,这是一笔可观的收益。

汤姆·佩特森——他是一个多么高尚和受人喜爱的年轻人啊!就算在我结婚后也没有失去他的友情。汤姆现在对他的机械师工作投入了更多的精力，而那本来就是他满怀热情所喜爱的事情。他现在对他那位大工厂的老板来说，已经是不可或缺的人物了，而他曾经只是那里的一个小工头。现在那家工厂已经合并其财产成立了一个公司，拥有一大笔资本，生意做得又大又好。汤姆也被提升到了一个肩负更多责任，但也更受信任的职位，当然，还有一份丰厚的薪水。

不过尽管这个岗位占据了他大量的时间，汤姆还是会在星期天闲暇的时候，到我的小别墅里来散心——因为我已经彻底切断了与法律之间的关系——并且把我们自己安顿在距离城市稍远一点儿的地方——度过整个夏天。愿你的生活充满阳光，汤姆·佩特森，愿它永远不会结束！

以法莲·福斯特和薇奥莱特对于后来所有事情的进展都很满意。当有事可做的时候，他们就不太容易给自己增加烦恼，他们确实如此，只要他们自己能健康和舒适地生活，并且看到他们的朋友们也享受着同样的庇佑。那是多美好的哲学！但很可惜的是，我们并不重视它，在这个幻想多于真实的麻烦的世界里——后者才能见出伟大。

以法莲，尽管现在距离本故事初次介绍他的时候，已经过去了很多年，他现在差不多也"赚到"两个一样的二又六便士[1]了。他还坚持经营着他的杂货店——这个店，已经取代了原来牛

---

[1] 此处指以法莲已经 52 岁了。

奶和香肠的供应站——而且当我提出要给他们经济援助，然后从这种抛头露面的生活中退休的时候，他们还嘲笑了我一番。不行的，他不愿意，至少是目前，薇奥莱特也不行。他们非常满足，这个职业适合他们，而且收入不多也不少，恰好就是他们想要的。

尽管，"不要轻信"那块在灰绿底上写着白字的牌子，仍旧挂在柜台的上方，但以法莲和薇奥莱特还是很容易信任，不单单是和先前一样，甚至还更多了一点儿。无论是穷人家庭，还是父亲或者母亲生病了，或者就算是直接恳求，都会被相信。从一些无助的寡妇，到放纵无度的男人的妻子——不管是以法莲，还是薇奥莱特，都不会皱一下眉头或者是有其他表示。这些人的篮子会被悄悄地塞得满满当当，没有任何不快，能减少他们夫妇二人这祝福的行为。他们以信念和真诚的仁慈，就这样把自己的面包投到水里。不过尽管他们并不是假装圣洁的专家，但难道他们没有发现，这些人过几天就会再来吗？

薇奥莱特，我认为，在她快要过完中年时光的那段时间里，变得非常美丽。她和从前一样结实、强壮和健康，而且——最重要的，是我应该之前就交代清楚的事情！就在我一直在记录着过去发生的事情的这几年中，给她带来了两个小主人，两个健康的孩子，一个已经六岁了，而另一个三岁。大的被起名叫杰克·恩格尔·福斯特。这两个健硕、快活的孩子的出现和成长，以及他们的父亲母亲为他们投入的兴趣，没有使我的遗产有一丁点儿的减少。至于福特斯大人,他一直表现得非常黏我,他几乎在我们的小别墅待了一整个夏天。而我也期盼着,能早一天实施我的权利,来向他介绍这个社会的其他层面。这位小绅士,则时不时地用这个话题打趣我,问我什么时候不忙,然后快点为他造出那个"小伙伴"。我不知道该怎么回答,除了向孩子保证我会尽力,而且我有信心答应他,在适当的时候给他这份礼物。固执的孩子又问我是否已经开始准备了,然后直到得到我肯定的答复他才满意。

纳撒尼尔,和他的大狗朋友,也是经常来拜访我的人之一。纳特蒙着恩典成长起来,并且找到了一个比在科弗特办公室时要好得多的工作。这个纳特,当他足够成熟的时候,他将会成为一个做事很有效率的人。

卡尔文·佩特森信心坚定地坚持着他的事业,而且仍然在复活聚会上训练他的肺。我曾经提到过卡尔文是一个虔诚的信徒,就他自己的模式来看,可以说是比许多教堂的孩子们还要虔诚。

菲兹摩尔·史麦斯和费里斯,在一段时间之后,以费里斯经纪人公司为名字开办的公司展开了业务。我最后一次听到他们的消息,是通过报纸上的一则新闻,他们被拖到警察法庭,因为涉嫌欺诈,被指控遣返回加利福尼亚。他们上缴了罚金,乖乖地接受法官的训斥,然后又故态复萌。

巴尼和南希·福克斯会一年一度地,进行一次人口普查。巴尼,自从他第一次做这件事以来,已经成为一个重要的关键型人物。他现在是一个竞选拉票活动的熟手,而且在这种向来不受大众喜欢的深奥学问中，他掌握着一些特别的优势。甚至有人建议，提名巴尼去担任一个相当重要的市政职务。

塞利格尼夫人，几乎是紧跟科弗特的出逃，去了国外，她声称是为了继承一笔遗产。究竟这里面藏着什么真相我不知道。但是丽贝卡和她一同走了，汤姆·佩特森和美丽的犹太姑娘之间愉快而亲密的关系永远结束了。

对于一切都向着公平的方向发展着的，健康而舒适的生活来说——尽管没有人能说出，未来会发生什么，但是带着对我的诸多祝福，以及对那些曾经在我最需要的时候，站在我身边的朋友们的祝福；带着对世界的善意，一颗满足的心，还有这些并不因空空而垂荡的口袋——杰克·恩格尔，就此结束了他生活和冒险的故事。

（完）

附赠　惠特曼诗歌精选 20 首

/ 我的生活与冒险 /

歌唱自己——惠特曼和他的诗歌

惠特曼竭其一生，创作了他的代表作《草叶集》，为人类贡献了一部伟大的诗集。他在36岁时就首次出版了《草叶集》，其中仅有12首作品，但里面已经包括了《自己之歌》《我歌唱带电的肉体》等名篇，并且还有一个经典的《序言》，全面阐述了自己的精神主张和审美要求。所以在首版《草叶集》中，惠特曼整体的创作主旨与风格就已经获得了展现。其后惠特曼的写作生涯就是不断地补充、修改、完善这个集子，一直到他73岁（1892年）临终，总共出版过九个版本的《草叶集》——从第一版的12首诗歌，最后变成容纳了将近400首作品的厚重诗集。

在《草叶集》的前两个版本中，惠特曼倾向于按照写作时间来进行编排，但从第三版开始，他开始按照作品的主题进行分类与编排。这些主题既有相互联系，又构成了一个发展性的顺序，最后形成了一种对于生命诸精神的完整表达。所以，整部《草叶集》看起来是由零散的草叶组成，但其实它是一个人完整的生命主题的展现，为此，它也被有些人当作是一部伟大的"史诗"。人的生命就是由不同的精神草叶组成，它们所形成的不仅仅是草叶的简单组合，而是彼此相连，汇聚为一棵饱满、健硕的参天大树。并且，不仅对于一个人的生命是如此，草叶也代表了无数个体的生命，当它们在一起时，就会形成整个民族、国家、人类的生命之树。所以，既可以单独地去读这些草叶，也值得去完整地感受它统一的生命感。

我们在这里选择了其中的20首作品，因为篇幅的限制，像《自己之歌》这样的代表作也因为太长而无法选入。虽然无法呈现完整的草叶形态，但是我们也尽量选择了《草叶集》中不同时期、不同风格、不同主题的作品，并且对这20首诗歌的顺序也进行了精心的编排，从而让这有限的作品也能成为一个可被整体感受的生命序列。其中与原诗集相同的是，将《我歌唱自己》放在了开头，以显示惠特曼在《草叶集》中所要表达的核心精神；紧接着《在海上的船舱里》是对《草叶集》的一种信念与期待；然后，主题不断得到延伸，《我自己和我的一切》将歌唱自己拓展为歌唱我的一切；《疯狂和快乐一个小时》是让自我获得肉体性的展示；《致冬天的火车头》是将生命肉体延续至人类的创造和机器的肉体之上；又在《现代的岁月》中拓展为对整个时代的表达；《轮子上火花四溅》是生活的即景，是现代城市的闪光；《脸》是散布在城市里的人群。

然后在《给陌生人》中，从人群聚焦到某一个人，每一个人；与之相对的，《在人迹罕至的小路上》是对人群的逃避，是在人群之外对自我的再次发现；进而在《创造的法则》中，主题被深入到人性与生命的内在力量中；《歌唱神圣正方形》是对神秘、神圣事物的探索与领悟；《奇迹》更是直接歌唱生命的奇迹；《幻象》显示出对世界的本体性的认识；《谁来学我这完整的功课？》是追问这些整体性的认识怎样得到传递；《无论现在紧握着我的手的你是谁》也是以问题的形式，让自身的《草叶集》与读者进行对话；《黑夜在大草原上》以宇宙性的思考，让生命的奇迹同时面对它自身的死亡；《城市的死亡之屋》是在这现代的城市中，自我与死亡的面对面；在《时间快到了》中，生命也要靠近它的终点，自我重新去理解生命；在最后，是一首名为《再见！》的作品，是诗人与生命的告别，自我与人类的告别，也是诗歌与读者的告别。

在《草叶集》中，除了后面的附录集子外，作为结尾的最后一首诗就是《再见！》。所以，我们这里在开头与结尾都与《草叶集》构成了对应关系，只是中间的部分诗歌顺序与原版并不一致。因为只是选取了部分，所以译者需要重新调整顺序，来构成一个完整的生命整体，同时这也是译者对于这些作品的理解方式，借以与读者分享。

王涛

2017年5月

我歌唱自己

我歌唱**自己**,纯粹的独立的人,
然而也发出**民主**的声音、**全体**的声音。

我歌唱从头到脚的生理机能,
我说,献给诗神的不仅是相貌和大脑,更是完整的**形式**,
我同等地歌唱**女性**和**男性**。

无限的生命充满力量、脉动和激情,
欢快地,为神圣的律法下形成的最自由的行动,
我歌唱这**现代人**。

/ 我的生活与冒险 /

在海上的船舱里

在海上的船舱里,
无边无际的蓝色向四周延伸着,
伴着呼啸的狂风和那傲慢的巨浪所奏出的乐声,
一叶孤舟漂浮于沧海之上,
在这里,小船满怀喜悦和信心,高扬白帆,
白天劈波斩浪,夜晚披星前进,
这样,我,对陆地的一段回忆,也许最终会被老少水手们阅读,
以一种非常亲密的方式。

这里有我们的思想,航海者们的思想,
这里出现的可不只有陆地,那坚实的陆地,那时他们会这样说,
这里被天空笼罩,我们脚下感受着甲板的起伏,
我们感受着波浪长久的涌动,和永无止境的潮涨潮落;
那神秘莫测的曲调,那咸涩世界模糊又浩大的暗示,那流动的声响,
那香气,那缆绳微弱的吱嘎声,那忧郁的旋律,
远处那无边无际的景色,还有那遥远又模糊的地平线,都在

这里了,

这是海洋的诗歌。

所以,我的书,别再踟蹰,去履行你的使命,

你不单是对陆地的回忆,

也如同那条劈浪前行的孤舟,我不知你将驶向何处,但对你充满信心,

伴着所有航行的船只,行驶吧!

把我那包裹着的爱带给他们,(亲爱的水手们,对你们的爱意藏于每一页中;)

加快速度,我的书!扬起白帆,我的船,

横跨这不可一世的波涛,

反复吟唱,不停行驶,穿过无垠的蓝色海面,驶向每一处海域,

将这首歌带给所有水手和他们的船只。

/ 我的生活与冒险 /

我自己和我的一切

我自己和我的一切,永远在磨砺,
要承受严寒酷暑,要用枪准确地击中目标,要驾船驭马,要生养出色的儿女,
要从容清晰地讲话,要在人群中感觉自在轻松,
要在陆地和大海的险恶中,能够守持自身。

不是要成为绣花工匠,
(总是有那么多的绣花匠,我也欢迎他们,)
而是为了事物本身的肌理,男人和女人的内在本性。

不是要雕琢饰品,
而是要在自由的笔画中雕刻出至高神的面容与肢体,让国家见证他们在行走,在言说。

让我走自己的路,
让别人去颁布法律,我不在乎这些法律,
让别人去赞美那些著名的人,去呼吁和平,而我支持动乱与

斗争，

我不赞美名人，我当面斥责那个被认为是最尊贵的人，

（你是谁？你这一生偷偷犯过怎样的罪行？
你是要一辈子去回避吗？你是要终身劳碌和喋喋不休吗？
而你又是谁，用死记硬背、岁月、书页、语言、回忆录去胡说八道，
今天你仍然神经错乱，不知道如何去正确地说出一个词吗？）

让别人去成为标本，我从来不会成为标本，
我像大自然一样用无尽的法则去开启它们，不断地保持鲜活而现代。

我不把任何事当作责任，
别人当作责任的，我当作是生命的冲动，
（我能把心脏的跳动当作责任吗？）

让别人去处理问题吧，我什么都不会处理，我激发那些无法回答的问题，
我所看见和接触到的那些人是谁？他们怎么样？

这些像我自己一样,以各种温柔方式让我如此亲近的人怎么样?

我呼唤世界,不要去相信我的朋友的故事,而是要像我这样,去聆听自己的敌人,

我提醒你们,要永远拒绝那些打算解释我的人,因为连我自己都无法解释自己,

我告诫,不要因为我而建立学说或流派,

我要求你们让一切都自由,正如我让一切都自由。

和我一起,展望吧!

哦,我看见生命并不短促,而是无限漫长,

从今天起,我走在大地上,纯正而克制,做一个勤勉者,一个稳健成长的人,

每时每刻都会孕育出世纪的种子,绵延不绝。

我必须紧紧地跟随,这天空、海洋、大地的不断的教诲,

我明白我没有时间可以去浪费。

疯狂和快乐一个小时

去疯狂和快乐一个小时吧！哦，无所顾忌！哦，不要任何限制！
（那在风暴里解放我的是什么？
我在狂风闪电中的呼喊是什么意思呢？）

哦，让我比任何人都要更深地沉醉在这神秘的迷狂中吧！
哦，野蛮而温柔的疼痛！（我把它们馈赠于你们，我的孩子，我有理由讲给你们听，新郎和新娘啊！）

哦，去屈服于你，无论你是谁，你也在这世界的漠视中屈服于我，
哦，去返回天堂吧！娇柔羞涩的人！
哦，去把你拉向我，给你第一次刻上一个坚决的男人的吻！

哦，这个谜，这个打了三道的结，这幽深黑暗的水潭，全都被解开，被照亮！
哦，去突进，在最后充足的空间和空气里！
去从以前的束缚和陈规中释放出来，我释放了，你也释放了！

189

去发现一种跟自然一样完美崭新的不可思议的冷漠!

去拔掉嘴巴上的塞子!

去感觉这一天或者任何一天,我就是完全充实的我!

哦,有些事情没法证实!有些事情恍如梦中!

去从别人的据点和依靠中彻底逃脱出来吧!

去自由驰骋!去任性地爱!去无所顾忌地勇往直前吧!

去嘲笑,去邀请,让毁灭降临吧!

去攀登,去跃进,向着那昭示于我的爱之天国!

去飞升,向着我那迷醉的灵魂!

去迷失吧,如果这是必须!

去享用生命最后的时间吧,用这充实而自由的一个小时!

用这短暂的一个小时的疯狂和快乐。

致冬天的火车头

你是我咏唱的诗篇!

你在强劲的暴风中,就在此刻,在大雪中,在冬天的暮色里,

你全副盔甲,你以双重的节奏跳动,你剧烈地敲击着,

你黑色柱状的身体,金色的铜,银色的钢,

你粗壮的侧杆,平行的连杆,在你的两侧旋转,梭动,

你的韵律,此时气息膨胀,厉声咆哮,此时又逐渐消遁于远方,

你巨大前伸的车头灯,固定在前方,

你飘扬的三角旗型蒸汽,被拉长,灰色,又带着淡紫色,

你的烟囱喷吐着浓密黑暗的云烟,

你紧凑的结构,你的阀门和弹簧,你的轮子发出震颤的闪光,

你身后的车厢,顺从而愉快地跟随着你,

穿过狂风与平静,一时疾驰,一时又松弛下来,但始终稳固地向前,

现代的典范——运动和力量的象征——大陆的脉搏,

这一次来侍奉诗神吧,融入诗行中,就像我在这里看到的你,

如一场风暴,带着震撼与电光,席卷而来,

在白天,你警钟高鸣,

在夜晚，你晃动着寂静的信号灯。

嗓门凌厉的美人啊！

带着你所有无法无天的音乐，带着你在黑夜晃动的灯光，滚滚穿过我的赞歌，

你疯狂汽笛的笑声，隆隆回响像一场地震，惊醒一切，

你有着自己完整的法则，你坚定地抓住自己的铁轨，

（你没有那哀切的竖琴和伶俐的钢琴所弹奏出的优雅甜美，）

你尖锐的颤音在岩石和群山中撞出回声，

飘荡在辽阔的大草原上，越过湖泊，

飞向自由的天空，快乐而强壮。

现代的岁月

现代的岁月！尚未上演的岁月！

你的地平线升起，我看见它遁向更庄严的戏剧中，

我看见不仅是美国，不仅是**自由**的国度，还有其他国家正在预备，

我看见盛大的入场和退场，新的联合，种族的团结，

我看见在世界的舞台上，那有着不可阻挡之力的势力正在前进，

（旧的势力、过去的战争完成了它们的演出了吗？适合它们的场景落幕了吗？）

我看见**自由**，全副武装，豪情万丈，凯旋而来，一边是**法律**，一边是**和平**，

惊人的三位，一起前行反对等级观念；

我们如此快速走近的历史性结局是什么呢？

我看见千百万疾行的队伍前进或者后退，

我看见古老贵族统治的疆界被粉碎了，

我看见欧洲帝王的纪念碑被拔除，

我看见在这一天，**人民**开始树立他们的丰碑，（其他所有的都要让位；）

从来没有像今天这样提出如此尖锐的问题,

从来没有一个普通人,他的灵魂如此富有力量,像一位神,

看哪,他如何呼吁再呼吁,让大众不要停顿!

他勇敢的脚步踏遍所有的陆地和海洋,他占领了太平洋和那些岛屿,

用轮船、电报、报纸、大规模的战争机器,

用这些和遍布世界的工厂,他将五湖四海连接在一起;

哦,这些跑在你前面,从大海下穿过的土地,在低声诉说什么呢?

所有的国家都在密切交谈吗?整个地球只有一颗心脏吗?

人类正在形成一个整体吗?看哪,暴君们在发抖,王冠黯然失色,

大地无法安静,它正面临一个新的时代,也许是一场全面的圣战,

没有人知道接下来会发生什么,白昼与黑夜都充满了征兆;

预兆性的岁月!在我行走的前方充满了各种幻影,我试图看穿它,却只是徒劳,

尚未出现的功绩,即将发生的事件,在我的周围投射出他们的形体,

这难以置信的急流和热浪,这奇怪的狂热梦想,岁月啊!

你们的梦想,岁月啊,它们如何穿透我!(不知道我是在梦中还是清醒着;)

美洲和欧洲的演出都在走向结束,退入到我身后的阴影之中,

那些尚未上演的,从未如此庞大的,正在向我走来,走来。

/ 我的生活与冒险 /

轮子上火花四溅

这座城市,人潮涌动川流不息,
在那儿,我停下来,加入一群看热闹的孩子,和他们待在一旁。

在石板铺就的马路边上,
一个磨刀师傅正在石轮上磨一把大刀,
他弓着背,小心地握紧刀子抵住磨石,用他的脚和膝盖,
适时地踩踏,让轮子快速转动,同时他按压的手又轻又稳,
于是,像一道充沛的黄金喷泉,
轮子上火花四溅。

这情景以及它所有的一切,如此吸引、感动了我,
这个尖下巴的愁苦老人,穿着破旧衣服,系着宽阔的皮肩带,
此刻,我自己也喷射着,流动着,像一个幽灵奇妙地漂浮,
被吸引住,被捆绑在这里,
这一群人,(像广阔世界里一个不被注意的点,)
这聚精会神的安静的孩子们,这喧闹、傲慢、躁动的街道背景,
这发出粗糙嘶哑呜咽声的旋转的石头,这轻轻压住的刀片,
散发着、滴落着、向周围投射着,像一阵阵黄金的骤雨,
轮子上火花四溅。

脸

一

在街头漫步,或者骑马从乡村小路穿过,看,这么多的脸!
友好、精致、谨慎、温和、理想的脸,
有灵魂洞见的脸,总是受欢迎的平凡慈善的脸,
如音乐般歌唱的脸,天生是律师和法官,后脑宽阔的脸,
猎人和渔夫眉毛隆起的脸,老派市民刮得发白的脸,
艺术家纯粹、放纵、渴望、质疑的脸,
某个优美灵魂的丑陋的脸,相貌英俊却令人厌弃的脸,
婴儿圣洁的脸,有许多孩子的母亲光彩耀人的脸,
爱恋者的脸,崇拜的脸,
梦境般的脸,坚如磐石的脸,
被抽走了善与恶的脸,被阉割的脸,
一只野性的鹰,它的翅膀被剪掉了,
一匹雄马,最终屈服于阉割者的皮鞭和刀子。

就这样在街头漫步,或者从繁忙的渡口上穿过,脸叠着脸,

脸叠着脸,

 我看见它们,毫无怨言,对一切都感到满意。

二

 如果我把这些当作他们的结局的话,你以为我还能对一切满意吗?

 现在这张脸对一个人来说实在太可悲了,
 卑鄙的寄生虫为偷生而奴颜婢膝,
 鼻涕似的蛆虫为能扭进洞中而感恩戴德。

 这张脸是一只狗,伸着鼻子翻弄着垃圾,
 蛇在嘴巴里做窝,我听见嘶嘶的恐吓。

 这张脸是一片雾霾,比北冰洋还要冰冷,
 惺忪摇晃的冰山,一边走一边嘎吱作响。

 这是一张苦草药的脸,这是催吐剂,它们不需要标签,
 这药架上还有更多的鸦片酊、生橡胶或者肥猪油。

 这是一张癫痫症的脸,它那说不成话的舌头发出可怕的叫声,

它脖子上的静脉鼓起,眼珠翻动着只露出眼白,

它的牙齿咯咯作响,攥紧拳头,指甲切进肉里,
这个人倒在地上挣扎,口吐白沫,意识却还清醒。

这是被各种毒虫啃噬的脸,
这是某个凶手从刀鞘中拔出一半的刀。

这张脸欠了教堂看墓人,他最阴郁的小费,
一口丧钟在那儿敲个不停。

三

我同类们的嘴脸,你们想用满面皱纹和行尸走肉来欺骗我吗?
来吧,你们骗不了我。

我看透了你们周而复始永远擦不完的泪水,
我看透了藏在憔悴而卑鄙的伪装下的真相。

随便你们张牙舞爪,像众多的鱼或老鼠那样用脑袋横冲直撞,
你们的面具一定会被揭开。

我见过疯人院里那些满脸鼻涕、最肮脏的白痴的脸,
而给我安慰的是,我知道他们所不知道的,

我知道那些管理人将我的兄弟掏空并且毁了他,
就是这些人在等着从倒塌的房子里清掉垃圾,
而我二三十年后还会再来看看,
而我会遇见那个丝毫未损的真正的房东,像我一样完好。

四

上帝在前行,不断在前行,
庇护永远在前方,那已经到达的手臂永远在引导着后来者。

这张脸上浮现出战马与旗帜——哦,太好了!我看见将要发生的事情,
我看见先驱们高高的帽子,看见捷足者手握法杖清理道路,
我听见了胜利的鼓声。

这张脸是生命之舟,
这张有胡子的脸威风凛凛,从不要别人照顾,
这张脸是浓香的果实,等待被品尝,
这张脸属于一个健康诚实的少年,是一切善的纲领。

这些脸不论在醒时还是睡着时都能作证,
它们显示着它们来自大师的血脉。

我说过的话毫无例外——红色、白色、黑色、都有着神性,
每座房屋里都有这样的卵子,千年之后得以涌现。

窗户上的斑点和裂纹并不会影响我,
后面树立着高大而充实的存在,向我显示征兆,
我读懂了它的许诺,然后耐心等待。

这是盛放的百合花的脸,
她对花园篱笆旁妙臀的男人说,
过来,她红着脸叫道,到我这儿来,妙臀的男人,
站在我旁边,直到我恰好可以靠在你身上,
你用白色的蜜填满我,向我弯下身子,
用你那磨人的胡子来摩擦我,摩擦我的胸部和肩膀。

五

这张有很多孩子的母亲年老的脸,
嘘!我完全地满意。

星期天早晨的炊烟来得晚而平静，
它低低悬挂在篱笆旁那一排排的树间，
薄薄地垂落在树下的黄樟、野樱桃和蒺藜上。

我看见宴会上那些盛装的富贵小姐，
我听见歌手们久久地唱着歌，
听见了那个深红色的青春从白色泡沫和蓝色水中跳了出来。

看，一个女人！
她从贵格教徒的帽子下向外张望，她的脸比天空还要澄澈美丽。

她坐在农舍门廊荫凉下的小沙发中，
太阳恰好照在她年迈花白的头上。

她宽大的长袍是用乳白色亚麻制成，
她的孙子们种出的亚麻，孙女们用线杆和纺轮织成了布匹。

这是大地优美动人的本性。
这完美，是哲学不可能超越也不希望去超越的，
这是人类真正的母亲。

给陌生人

过路的陌生人!你不知道我是怎样热切地注视着你,

你定是我一直在寻找的那个男人,或者我一直在寻找的那个女人,(像一场梦来到我身边,)

我肯定在某个地方和你一起度过快乐的日子,

当我们彼此擦身而过时,一切都回想起来了,流动的,深情的,纯洁的,成熟的,

你是伴随我的那个男孩儿或者那个女孩儿,跟着我一起长大,

我们一起吃,一起睡,你的身体变得不仅仅是你的,我的身体也不仅仅是我的,

当我们相遇时,你的眼睛、面庞、肉体带给我希望,我同样也将我的胡须、胸膛、双手献给你,

我不会与你说话,我只是在独自坐着,或者独自在黑夜里醒来时,会想起你,

我会等着,我不怀疑,我还会再次遇见你,

我一定不会再失去你。

/ 我的生活与冒险 /

在人迹罕至的小路上

在人迹罕至的小路上,
在池塘边的草木里,
逃离了自我表演的虚浮生活,
逃离了迄今公布的所有准则,逃离了享乐和利益,逃离了世俗,
这么久,我一直用这些来供养我的灵魂,
现在我认清了那些未被公布的准则,我认清了我的灵魂,
我的灵魂,那个我为之发言的人的灵魂,寓于伙伴的欢乐之中,
在这里,我独自远离世界的喧嚣,
在这里迎合着、说着芳香的言语,
不再羞愧,(因为在这隐蔽的地方,我能做出在别处不敢做出的反应,)
那并非自我表演,包容了其他所有生命的生命,强大地降落于我,
我决心,在今天只歌唱那些男子汉的情义,
让它们在丰盛的生活中得到张扬,
让各种强健的爱传承下去,
在我四十一岁的第九个月,这个甜美的午后,
为了所有那些正值青春,或曾经年轻过的人们,我继续,

去讲述我的黑夜和白天的秘密,

去宣告伙伴们的需要。

创造的法则

创造的法则,

强健的艺术家和领袖的法则,新一代教师和完美的美国文化人的法则,

高贵的学者和未来音乐家的法则。

所有人都必然与这世界的总体,以及世界的简洁真理密切相关,不会有更显著的主题——所有作品都将间接印证这神圣的法则。

你以为的创造是什么呢?

你以为除了自由行走、无拘无束,还有什么能满足灵魂呢?

你以为我用一百种方式暗示你的又是什么,除了男人或女人像上帝一样?

而上帝并不比**你自己**更加神圣?

而这就是所谓最古老和最新的神话的终极意义?

而你或者任何人都必须通过这种法则来实现创造?

歌唱神圣正方形

一

歌唱神圣正方形,来自先行的唯一者,来自每一条边,
来自新与旧,来自完全天赐的正方形,
坚固的,四条边,(所有的边都必需,)在这一边耶和华是我,
古老的梵天是我,我是农神,
时间无法影响我——我就是时间,从远古到今天,
坚定不移,毫不留情,执行正义的审判,
如同大地,如同天父,如同棕色皮肤的老克罗诺斯,跟随着法则,
无法估算的年龄,却永远不会翻新,永远跟随强大的法则运转,
我毫不留情,绝不饶恕任何人——犯罪者必死——我将取走他的性命;
谁也不能得到怜悯——季节、重力、命定的日期会怜悯吗?
我也不会,
如同季节和重力,如同命定的日期那样绝不宽恕,
我站在这一边,执行无情的判决,没有丝毫同情。

二

最慈祥的抚慰者,被允诺的先行者,
伸出温柔的手,我是更强大的上帝,
先知和诗人们在最迷狂的预言和诗篇中预告过,
瞧!从这一边,主基督注视着——瞧!我是赫尔墨斯——瞧!我这赫拉克勒斯的面孔,
我历数所有悲伤、劳苦、磨难,我领受这一切,
我太多次被否定、被诋毁、被投进监狱、被钉在十字架上,并且还会不断如此,
为了我亲爱的兄弟姐妹,为了灵魂,我放弃了整个世界,
我走遍了人们的家,无论贫穷富贵,献上动情的吻,
因为我就是爱,我就是传播欢乐的上帝,带着希望和包容一切的慈善,
带着如同对孩子般宠爱的话语,带着只属于我的鲜活而明智的言辞,
我经过年轻力壮,深知自己注定会早逝,
但我的仁爱不会死——我的智慧不会死,永远都不会,
我流传在各地的亲切的爱永远都不会死。

三

冷漠,不满,图谋造反,

罪犯的伙伴，奴隶的兄弟，

诡计多端，遭受鄙视，一个愚昧的苦力，

首陀罗的面孔，疲倦的表情，发黑的身躯，在我的内心深处，却同任何人一样骄傲，

总是要起来反抗那些嘲笑我，并意图控制我的人，

满怀诡计，满心旧事的愁怨，心念着各种各样的花招，

（尽管有人认为我被打败了、被驱赶了，我的诡计玩完了，但这都不可能）

我，这目中无人的撒旦，还活着，还在说话，会准时出现在新的地方，（还有老地方，）

在我这一边，永远好战，比得上任何人，像任何人一样现实，

无论岁月如何改变，都不会改变我和我的宣言。

四

圣灵，呼吸者，生命，

超越着光，比光更明亮，

超越着地狱的火焰，在地狱之上欢呼跳跃，

超越着天堂，独自散发着自身的香气，

包容了大地之上的全部生命，包容了上帝、救世主，以及撒旦，触摸他们，

轻逸地，充盈于一切，（因为假如没有我，一切是什么？上

帝又是什么呢？）

　　形式的本质，真实个体的生命，永恒，绝对，（即不可见者，）

　　我，总体的灵魂，伟大的圆形世界，太阳和星辰，以及人类，全部的生命，

　　在这里完成了坚固的正方形，我是最坚固的，

　　也在这首歌里，呼吸着我的呼吸。

奇迹

为何，有人鼓吹奇迹？
至于我，除了奇迹，一无所知，
无论我是在曼哈顿逛街，
或者让我的视线越过屋顶投向长空，
或者沿着海滩在海水边赤脚行，
或者站在森林的树荫下，
或者在白天与所爱的人一起聊天，在晚上我们同床共眠，
或者同别人一起在桌旁共进晚餐，
或者乘坐马车时注视着对面的陌生人，
或者在一个夏日的上午，观看蜂房周围忙碌的蜜蜂，
或者动物们在田野吃草，
或者鸟儿，或者同样在空中的那些美妙的昆虫，
或者那美妙的日落，或者那些美妙的星星如此安静而明亮地闪耀着，
或者那优美柔和细弱弯曲的新月，在春天里；
这些还有其他，所有的一切，对我都是奇迹，
全都息息相关，却又彼此区别，各居其位。

对于我,白昼与黑夜的每一个小时都是一个奇迹,

每一立方英寸的空间都是一个奇迹,

每一平方码的地面上散布着同样的事物,

每一英尺之内聚集着同样的东西。

对于我,大海是一个连绵不绝的奇迹,

游泳的鱼——礁石——涌动的波浪——载人的船只,

还有比这些更奇特的奇迹吗?

幻象

  我遇见一位先知,
经历过世间声色万象,
浸身艺术和学问、乐趣与观念的各个领域,
  为了收集幻象。

  他说在你的颂歌里,
不要停留于暧昧的时日、片段和残迹,
就像光开启了一切,那打开歌唱道路的,
  首先,应该是幻象。

  永远是从混沌中开始,
永远是成长,是周而复始的循环,
永远是在最后到达顶点,融为一体,(必然再重新开始,)
  幻象!幻象!

  永远是变幻无常,
  永远是物质、变化、分裂、重合,

永远是神圣的画室和工厂，
　　　生产着幻象。

　　看，我或者你，
或者女人、男人，或者国家，无论声誉怎样，
我们好像在创建坚实的财富、美和力量，
　　　其实是在创造幻象。

　　表象转瞬即逝，
艺术气韵与学术研究的本质却能久长，
或者是战士、先烈、英雄的功绩，
　　　在塑造他们的幻象。

　　每一个人的生命，
（细节全被收集、被显示，不遗漏任何一点思绪、情绪和举止，）
无论大小，全部汇总叠加，成其总体，
　　　都在它的幻象里。

　　古老的、原始的欲望，
建立在古代的高峰上，看，更新更高的顶峰，
依然被科学以及现代人推向远方，
　　　古老的，原始的欲望，幻象。

如今，此时此地，
美国的繁忙、兴旺、眼花缭乱，
从人群到每一个人，正是如此释放，
　　今日的幻象。

　　这些，以及曾经，
消失的国度，大洋彼岸所有的王朝，
古代的征服者，古代的战争，古代的远航，
　　汇入到幻象中。

　　密密麻麻，生生不息，形态万千，
层叠的山峦，土地，岩石，树木，
远古出生的、早已死去的、长存的、离去的，
　　幻象绵延不绝。

　　激动，沉迷，欣喜若狂，
可见的是诞生它们的子宫，
向外辐射，形成更大、更大、更大，
　　以至巨大的地球的幻象。

　　所有空间，所有时间，
（星空中，恒星从可怕的摄动，到膨胀，塌陷，以至灭亡，无论

运行了更长,或者更短的时光,)
　　都不过充斥着幻象。

　　万物无声无息,
江河汇入无尽的汪洋,
如同视线,分散出无数自由的个体,
　　是真实的现实,也是幻象。

　　这并不是世界,
这些也并非宇宙,它们才是宇宙,
是意图和目标,永远是生命中的永恒生命,
　　幻象,幻象。

　　超越你,博学教授的演讲,
超越你,敏锐观察者的望远镜和分光镜,超越所有的数学,
超越医生的外科手术与解剖分析,超越化学家和他的化学,
　　实体的实体,幻象。

　　没有固定的却被固定,
总是将要发生、已经发生、正在发生,
将现在扫入无限的未来,
　　幻象,幻象,幻象。

先知和诗人,

却仍然守持自身,它们在更高的领域,

去传达**现代**,和**民主**,并为它们去解释,

　　上帝和幻象。

而你,我的灵魂,

在欢乐中不断地磨炼,得意洋洋,

最终,你的渴望得到满足,准备去迎接,

　　你的伙伴,幻象。

你的肉体是永恒的,

那潜藏在你肉体中的肉体,

是你存在的唯一要义,是真正的我自己,

　　一个形象,一个幻象。

你真正的歌声并不在你的歌中,

没有特别的曲调可唱,也不为自己而唱,

而是在最后,从统一的结果中,升起和飘扬,

　　一个浑圆饱满的幻象。

谁来学我这完整的功课？

谁来学我这完整的功课？
老板、工人、学徒，牧师和无神论者，
愚蠢的和聪明的思想家，父母和孩子、商人、店员、服务生和顾客，
编辑、作家、艺术家和学生——走近我，开始吧；
这不是课程——这只是拆除了通往好课程的限制，
然后一门又一门的好课程就这样开始了。

伟大的法则无须争议地生效并且盛行，
我也是同样的风格，因为我是它们的朋友，
我热爱它们，我们相互平等，我不会停下来向它们致敬。

我躺着出神，聆听事物中奇妙的故事和事物的因由，
它们如此美妙，我不由地让自己去听。

我所听到的，我无法讲给任何人——甚至对自己都无法讲述——它太奇妙了。

这并非小事：这个可爱的圆形地球永远永远如此精准地运行在它的轨道上，没有一丝颠簸，没有一秒的失误，
　　我不认为它是在六天内建成的，也不是一万年或者百亿年，
　　也不是像建筑师设计和建造一所房子那样，一步接一步地设计和建造出来的。

　　我不认为七十年就是一个男人或女人的命数，
　　七千万年也不是一个男人或女人的命数，
　　岁月将永远无法终结我，或者任何人的存在。

　　这很奇妙吧？我将会不朽，正如每个人都会不朽；
　　我知道这很奇妙，但同样奇妙的是我的视野，以及我从母亲的子宫中被孕育而出也是同样的奇妙，
　　以及，我从一个只会在懵懂中爬行的婴儿，经过了两度寒暑就能够说话和走路，所有这些都同样的奇妙。

　　以及，我的灵魂在这一刻拥抱你，以及我们从未谋面却彼此动情，以及我们也许永远都不会相见，这一切都如此奇妙。

　　以及，我能心生如此这样的想法，这恰恰就是奇妙的，
　　以及，我能提醒你，以及你也能够想到它们，并且知道它们是真的，这也恰恰是奇妙的。

以及,月亮绕着地球转,却同时跟着地球一起转,这同样是奇妙的,

以及,它们还与太阳,以及所有的星星都保持着平衡,这同样是奇妙的。

无论现在紧握着我的手的你是谁

无论现在紧握着我的手的你是谁,
缺少一样东西,一切都是白费,
在你进一步靠近我之前,我直言相告,
我不是你所想象的人,远远不是。

谁才会成为追随我的那个人呢?
谁会让自己成为我的爱的候选人呢?

这条路是可疑的,结果难以确定,也许是毁灭性的,
你将不得不放弃其他一切,只有我会期望成为你唯一的专享的标准,
你的修行将漫长而艰苦,
你过去生活中的全部信条与习惯都必须放弃,
因此,在你自寻烦恼之前,现在就放开我吧,把你的手从我的肩头拿开,
放下我,去走你自己的路吧。

要不然悄悄地去树林里试试,

或者在空旷处的岩石背后,

(因为我不会出现在任何有屋顶的房子里,也不会出现在人群里,

在图书馆里我只躺着,像一个哑巴、白痴,或者胎儿、死人,)

但却可能和你一起在一座高山上,要先查看几英里内的动静,以防有人突然接近,

或者可能和你航行在海上,或者在海滩上,或者在某个安静的岛屿上,

在这里,我允许你把嘴唇贴在我的唇上,

接住这位伙伴或者新婚丈夫的常驻的吻,

因为我就是新婚的丈夫,我就是伙伴。

或者如果你愿意,就把我塞到你的衣服下,

在那里,我可以去感觉你心脏的悸动,或者靠在你的大腿上,

无论你去往陆地还是海洋,请带着我,

只要能这样贴着你就够了,就是最好的,

这样挨着你,我会安静地入睡,并永远被你携带。

但是你所读的这些草叶会让你陷入危险,

因为你不会理解我和这些草叶,

它们一开始就会躲避你，以后更会这样，而我必定会躲避你，
甚至当你以为已经确定无疑抓住了我，看吧！
你看见，我已经从你那里逃脱了。

因为我写这本书，并不是为了我所放入其中的这些东西，
你也不会因为读到了它就得到了它，
那些钦佩我或夸张地赞美我的人，对我也并不了解多少，
那些我的爱的候选者（除非最多不过几人）也不会获胜，
我的诗不会只带来好处，也会带来同样多的害处，甚至更多，
因为缺少了那些我所暗示的，你不断猜测却从未猜中的东西，一切都是白费；
所以放开我，去走你自己的路吧。

/我的生活与冒险/

黑夜在大草原上

黑夜在大草原上,
晚餐结束了,篝火快燃尽了,
疲惫的迁徙者睡了,裹着他们的毯子;
我独自走着——我站住,仰望星空,我发现这是我以前从未意识到的。

此刻,我承受着永恒和平静,
我欣赏着死亡,检视着种种定理。

如此丰饶!崇高!一览无余!
同样年老的人与灵魂——同样古老的愿望,同样的满足。

我一直以为白天是最灿烂的,直到我看见白天之外所展现出的全部,
我一直以为这个星球就够了,直到无数别的星球跳出来如此沉静地围拢着我。

此刻，太空与宇宙的伟大思想充盈着我，用它们来衡量我，

就是此刻，我触及其他星球上的生命，与地球上的生命一同抵达，

或者正在等待降临，或者已经越过地球，

从此以后，我不会再去忽视，比我更重要的他们的生命，

或者，那些和我同时到达的地球上的生命，或者正在等待降临的生命。

哦，我现在明白了，就像白天一样，生命不会将全部展示给我，

我明白，我要等待的是死亡将会给予的展示。

城市的死亡之屋

在城市停尸房的旁边,在它的门口,
当我从叮当作响的路上穿过,懒散地闲逛时,
我好奇地站住,因为,瞧,一具被遗弃的尸体,一个可怜的死去的妓女在那里,
她那无人认领的肉体被他们扔下了,它躺在潮湿的砖砌的路面上,
这个神圣的女人,她的身体,我所看见的她的身体,我孤独地看着它,
这座房屋曾经充满了激情和美丽,我没有再注意其他,
没有注意,这冷漠的寂静、龙头下流动的水、病态的气味,
只有这房屋——这令人惊奇的房屋——这精致美妙的房屋——这废墟!
这不朽的房屋胜过了世间所有成列的住宅!
胜过有着宏伟雕像的白色穹顶的国会大厦,胜过所有尖顶高耸的古老大教堂,
这所小小的房屋超越了他们所有——可怜的、绝望的房屋!
美丽、可怕的残骸——灵魂的居所——它本身就是灵魂,

无人认领、被躲避的房屋——请接受从我颤抖的唇中发出的一声叹息,

请接受当我想起你时所流下的泪水,

爱的死亡之屋——疯狂与罪恶的房屋,崩塌了,破碎了,

生命的房屋,不久前还在说话、欢笑——但是啊,可怜的房屋,即便那时也已经死了,

一月月,一年年,一座装饰美丽、回声荡漾的房屋——却是死的,死的,死的。

时间快到了

时间快到了,云,让天空暗下来,
遥远处有一种我不知道的恐惧,让我黯然。

我要向前走,
我要毫不停留地走遍全国,但我说不出我要去哪儿,要走多久,
也许很快,某一天或者某个夜里当我歌唱时,我的声音突然停住。

哦,书,哦,圣歌!一切非要这样结束吗?
非要在我们刚刚抵达我们正要开始的地方?——然而,这样就够了,哦,灵魂;
哦,灵魂,我们曾经真切地出现过——这就够了。

再见!

最后,我宣告我之后的事情。

我记得,在我的草叶尚未涌现时我就说过,
为那最后的圆满,我将快乐而猛烈地抬高我的声音。

当美国实现了她的许诺,
当上亿的宏伟人群越过整个国家,
当其余的人为这人群让开道路,并为他们做出贡献,
当最完美的母亲们哺育出代表了美国的新人,
那就是我和我的草叶们所要收获的果实。

我按照自己的正义一路走来,
我歌唱过肉体与灵魂,歌唱过战争与和平,以及生命与死亡之歌,
还有起源之歌,并且呈现出各种各样的源头。

我曾向每一个人献出我的风格,曾经信心满满走完行程,
当此时仍满怀喜悦,我轻声说,**再见!**

并且最后一次拉起年轻的男人还有女人的手。
我宣告自然的人的兴起,
我宣告正义的胜利,
我宣告绝不妥协的自由与平等,
我宣告坦率的道义及骄傲的道理。

我宣告这共同的国家是仅有的独一的共同体。
我宣告这联邦越来越紧密、坚不可摧,
我宣告这国家的壮丽与庄严让世界上之前所有的政治为之黯然。

我宣告人之联系,我说它永无止境,不会分离,
我说你将会找到你一直在寻找的朋友。

我宣告一个男人或女人来到,可能你就是那个人,(**再见!**)
我宣告伟大的个体性,如同**自然**、流畅、纯洁、深情、慈悲、全副武装。

我宣告一种生命,它丰富、热烈、灵性、勇敢,
我宣告一种结局,它轻盈并且愉悦地遇见它的转变。

我宣告年轻众生,美丽、壮大、血气方盛,
我宣告一族杰出的、野性的老人。

哦,越来越密集,越来越快——(再见!)
哦,越来越拥挤着逼近我,
我预知得太多,超出了我原以为,
看起来我正在死去。

压迫喉咙发出你最后的声音,
向我致敬——再一次向这些日子致敬。再一次发出古老的呼告。

在大气之中,发出震撼的叫声,
我随意扫视,发现每件事物都在吸收,
这声音飞速移动,又即刻降落,
传递着奇妙的被包裹的讯息,
在兴奋的火光中,超凡的种子落在泥土里,
我自己也不知道,不敢去提问,只是去服从我的使命,
把种子留给未来的岁月去生长,
留给将会从战争中涌现出的军队,我已经发布了他们的任务,
留给女人我的密语,她们的钟爱是对我最好的解释,
留给年轻人我的问题——不是在游戏——我是在考验他们智

慧的能力，

　　相反，我就这样离去了，在仅剩的一点形迹和声息中，

　　我听见了悦耳的回声，让我热烈地追逐它，（死亡真的使我不朽了，）

　　于是，我消失了，那个真我朝着我一直准备的地方而去。

还有什么，让我闭不上嘴巴、卑躬屈膝、踌躇拖延？
是最后一声告别吗？

我的歌声停止，我抛开它们，
我从隐身的幕后走出，独自一人走向你。

同志，这不是书，
谁触到它，就是触到了一个人，
（是黑夜吗？我们是独自在这里吗？）
这是我在拥抱着你，你拥抱着我，
我从书页里跳入你的怀中——死，召唤我出来。

哦，你的手指让我如此昏昏欲睡，
你的呼吸像露水降落在我的周围，你的脉搏使我的耳朵归于平静，
我感觉从头到脚都在陷入，

甜美,够了。

哦,够了,即兴的秘密行动,

哦,够了,流逝的现在——哦,够了,过去已经结束。

亲爱的朋友,不管你是谁,接受这个吻吧,

我特意献给你,不要忘记我,

我感觉像是干完了一天的活儿,要去休息一会儿,

现在我正从自己的化身中上升,再次接受我那许多的转变,那不能转变的仍然在等我,

未知的领域,比我的梦更真实、更直接,向我投掷觉醒的光线,**再见!**

记住我的言辞,我还会再回来,

我爱你,我脱离了物质,

我像一种没有实体的存在,胜利了,死了。